「やだ……もうやだ……っ……ルシエル……やめてくれ……これから……なんでも言うことを聞くから……っ……言うことを聞く……っ」（本文より抜粋）

DARIA BUNKO

オマケの王子様♥

高月まつり

illustration❋こうじま奈月

イラストレーション❋こうじま奈月

CONTENTS

この作品はフィクションです。

実在の人物・団体・事件などに一切関係ありません。

オマケの王子様♥

自分でも最高の出来だと思う。

家事一般に破壊的才能を持つ母と姉の代わりに、小学生の頃から高塚《たかつか》家の家事を一切担当していた理央《りお》は、テーブルの上に並べられたコーンの冷たいポタージュスープ、ハンバーグにポテトサラダ、箸休《はしやす》めの野菜のマリネを見下ろし、エプロン姿でにやりと笑った。

意志の強そうな形のいい眉に強情そうな黒髪の短髪、日本人にしては高いが外人にしては低い、だが指で辿りたくなるようなすらっとした鼻筋。二重の瞳は珍しいブルーグレー。そのせいか、理央はよく「ハーフ?」と訊かれる。

父親が外国人なのでハーフには間違いないのだが、仕事が忙しいらしく滅多《めった》に会うことはない。何度か「父さんはどこの国の人?」と聞いたことがあるが、耳慣れない名前だったので忘れてしまった。

人々は「ハーフ」に多大な期待を生むようだが、理央は運動神経は抜群でも、頭脳運動はからっきしだった。

母・耀子《ようこ》は「いいところは、全部真理《まり》に行っちゃったみたい」とすっかり諦めていた。

容姿端麗頭脳明晰《めいせき》にして運動神経抜群の姉・真理は、理央より三年上の二十三歳で、現在は一流大学を卒業した後、一流企業の受付嬢をしている。

「……俺はまあ、就職できればよしとしよう。可愛い彼女と結婚をして、ささやかで平凡な、でも最高に幸せな一生を送るんだ。家事ができる、妻に優しいステキな夫になるんだ。郊外に、三十五年ローンの小さな庭付き一戸建てを買って、側《そば》には可愛い嫁さんと目に入れても痛くないほど愛らしい娘、そして俺たちの足下を駆け回るトイプードル……」

「トイプードルがどうしたの？　理央ちゃん」

「だめだめ。うちじゃ動物は飼えないわよ、理央。誰が世話をするの！」

ようやく帰宅した姉と母は、スーツ姿のままダイニングののれんをくぐった。

「何でもない。ほら、早く着替えて来いよ。食事が冷めるだろ」

「このままでいい。このままで。あーいい匂い。さすがは私の弟ねっ！　あ、理央ちゃん、ミネラルウォーターを取ってぇー」

弟と書いて「下僕《げぼく》」と読むと信じて疑わない真理はさっさと自分の席につくと、ジャケットのポケットからバレッタを取り出して、癖一つない艶やかな黒髪を一つにまとめる。

「理央、ママには缶ビール。やっぱり、食前の一杯でしょう！」

耀子も席について、我が子に我が侭《わまま》を言った。

二人とも、黙っていれば「美人母娘」で通るのに。性格が「俺様」なんだもんな。会社じゃどうしてるんだ？　「俺様」全開か？

理央はそんなことを思いつつも、「はいはい」と二人の要求を聞く。

彼は、彼女たちが会社で百匹ほど猫を被《かぶ》っていることを知らなかった。

「ところで理央ちゃん。今週いっぱいでファミレスのバイトは終わりでしょ?」

「うん。……というか、来週から大学が始まるし。時間帯をずらして深夜にしてもらうこともできるけど、それだと洗濯や掃除をする時間がなくなるだろ?」

「うちの会社で、早朝の掃除バイトをしない?」

真理はそう言って、受け取ったミネラルウォーターをラッパ飲みする。

姉さん……そんなにガサツだと、婚期が遅れるぞ。

一言言ったら百の悪態《あくたい》となって返ってくることを知っているので、理央は心の中でひっそりと呟いた。

「あら、いいんじゃない? 理央は家事が得意だから、ビル内をピッカピカにしてくれるわよ」

さっさと一本目のビールを飲み終えてしまった耀子は、理央に「もう一本持ってきて」と要求する。

「ビールは風呂上がり。今はメシの時間。それと俺は、よそ様のビルまで掃除をするつもりはないから。大学だって、これからどんどん忙しくなるんだ。俺の頭でこのままバイトを続けたら、絶対に留年する」

母と姉は顔を見合わせると「それもそうね」と頷いた。

「そんなことないわよ」という台詞《せりふ》が出てこないのが悲しいが、事実なので仕方がない。

「んじゃ、この話はなかったことにして……と、理央ちゃん、ご飯とおみそ汁っ！」

真理が元気にそう言ったと同時に、玄関のベルが鳴った。


母子三人、ゴージャスな車に乗せられ、ゴージャスなお屋敷に連れてこられてしまった。

俺たちを拉致した「メン・イン・ブラック」としか思えない黒づくめの連中は、一体何者だったんだ？　外国人っていうのしか分からなかった。それに、なんで母さんはすんなりついて行ったんだろう。不審者に対しては「てめえら、誰だ！」と即座に反撃する姉さんも、神妙な顔で従ってるし。俺の作った晩飯はどうするんだよ。テーブルの上はあのままなんだぞ？

理央は全ての疑問を「メン・イン・ブラック」にぶつけたかったが、母と姉の「黙ってなさい」という無言のオーラに気圧《けお》されて、辛《かろ》うじて沈黙を守っていた。

「あれ……？　もしかしてこのお屋敷ってさ……」

広々としたエントランスホールをくまなく観察した真理が、「大使館？」と囁いた。

「そうよ。ここはオーデン王国大使館。そうですね、ウォーリック公爵《こうしゃく》」

耀子は、スーツ姿でエントランスの階段を優雅に下りてくる銀髪の中年男性に声をかける。

彼は後ろに男女の外国人を連れ、親しげな笑みを浮かべた。

「はい、そうです。耀子様。最後にお会いしたのは何年前でしたでしょうか？　相変わらずお美しい」

外国人が日本語をペラペラしゃべったっ！

理央は母の台詞に突っ込むよりも、ウォーリック公爵の台詞に激しく動揺した。

彼は耀子の手にキスをすると、真理に視線を移して微笑《ほほえ》む。顔には年相応の皺《しわ》が刻まれているが、若い頃はさぞかし女性たちをうっとりさせたのだろう片鱗《へんりん》が窺《うかが》えた。

「彼はウィンスレット大使。皆様の渡航準備を一任されています」

ウォーリック公爵は後ろに控えていた大使を耀子に紹介する。

「お会いできて光栄です」

大使は耀子に深々と礼をし、視線を優雅に真理に移した。

「こちらがマリ殿下であらせられますか」

理央は眉を顰《ひそ》めたが、真理はその一言で全てを理解する。

「ええ。渡航準備をよろしくお願いいたしますわ。ウィンスレット大使」

彼女は女王のように堂々とした態度で言い、自信に満ちあふれた微笑みを浮かべた。

大量のボディーガードに警護されて成田へ到着した。本来なら厳重なセキュリティーチェックがあるはずだが、全てをスルーした後、内装が超豪華な専用機で、一路オーデン国へ。

大使館での堂々とした態度はどこへやら、真理は目を真っ赤に泣きはらしていた。

『パパが正式に迎えに行くまで、日本で待っていてくれるかい？　親戚たちにママとの結婚を認めてもらうまで。必ず迎えに行く。マリは立派な女王様になるのだから、リオを泣かせてはだめだよ。あの子はあの子で、大変な運命が待っているんだ』

幼い自分を膝に乗せ、頭を撫でながら呟いた父の言葉を思い出す。

年に数回会えればいい、数年も会えないことがあったが、溢《あふ》れんばかりの愛情を注《そそ》いでくれた父を、真理は心から敬愛していた。

その父が、迎えに行くという約束を永遠に果たせないままこの世からいなくなってしまった。

『だったら私、王位継承権なんていらないっ！　お父さんがいない国になんて行かないっ！』

真理はウォーリック公の前で、彼を責めるように叫んだ。母にとりすがって、小さな子供のように声を上げて泣いた。家に返せと駄々《だだ》を捏《こ》ねた。けれど彼女は、ウォーリック公の静かで悲しげな言葉で沈黙した。

『皆、オーデン国で暮らしてほしい。可愛い娘。愛するマリに王位を継いでもらいたい。これが亡き王の、最後の言葉です』

耀子もまた、涙を拭いながら、夫がウォーリック公に託した言葉を思い出していた。

『愛してやまない君へ。君と出会えたことを神に感謝する。また、正式な夫婦となれなかったことを許してほしい。そして、どうか二人の子供たちを見守ってほしい』

出会ったときは、お忍びで街に繰り出していた皇太子と旅行者だった。視線を交わした途端、一瞬で恋に落ちた。恋人が皇太子だと分かった時は気が動転したが、彼に対する愛情が変わることはなかった。自分を妻に迎えることで立場が悪くなると分かっていても、愛してくれた。

『そろそろ正式な夫婦の手続きが取れそうだ』『あら、今更《いまさら》ねえ』と電話で笑い合ったのが最後に交わした言葉になってしまった。

専用機の中は、それ自体が斎場になってしまったかのように静まりかえる。

理央は、母や姉から少し離れた場所に腰を下ろしたままぼんやりとしていた。

思えば、父さんと会うときはいつも泣いていたような気がする。姉さんに苛《いじ》められたり、母さんに怒られたり。とにかく、タイミングが悪かったんだよな……。父さんは俺を抱き上げて、俺が泣きやむまでキスをしてくれたっけ。「リオは男の子なのに、泣き虫だな」って笑いながら。凄《すご》く優しくて、格好良くて……。俺には、オーデン国のことを何も言ってくれなかったな。けどそれは正解かも。自分が一国の王子だって知ったら、「英語も満足に話せないのに王子かよ…」って落ち込むもんな。うん。でも俺……これから頑張る。母さんと姉さんを守るから。

『何が起きようと、私の息子であれば乗り越えられるはず』って、父さんが残してくれた言葉、忘れないから。だから俺は泣かない。

理央は何度も鼻の奥をツンとさせながら、真っ暗な窓の外を見つめた。

そこへ、付き添って乗ったウォーリック公がホットレモネードを静かに差し出す。

「サ……Thank you」

「日本語で結構ですよ、殿下。私は亡き陛下と共に日本語を学習しましたので、スラング以外は理解できます」

「そう……ですか。では、いただきます」

殿下と呼ばれるのはこそばゆいが、日本語を理解してくれるのは嬉しいし安心する。理央は銀のトレイから、耐熱性のグラスを受け取って一口飲んだ。

「突然のことで大変驚かれたと思いますが、お気をしっかりお持ちください」

理央は頷こうとして、ふと素朴な疑問がわき上がる。

「あ、あの……質問をしてもいいですか？」

「なんなりと」

「父の葬儀のあとはどうしたらいいんですか？　オーデン国に住むことになったら、日本の大学は休学手続きを取らなくちゃなりません。父は会うたびに勉学に励めと言っていたので、中退するわけにはいきません」

「仕事の都合」で年に数回しか会えない父だったが、賢《かしこ》く優しく、子供の気持ちを理解してくれる尊敬できる父だった。留年して、父を草葉の陰で悲しませるようなことはしたくない。

理央は真剣な表情で、父によく似ているウォーリック公の穏《おだ》やかな顔を見た。

「それはご心配なく」

何がどう、「ご心配なく」なのか、理央には分からない。むしろ、不安を感じてしまう。

ウォーリック公は理央に軽く微笑むと、ティッシュで鼻をかみ続けている耀子と真理の元に向かった。


専用機は十数時間かけて、暖かな太陽が光り輝くオーデン国際空港へと到着した。

空港には、青地に白と緑の星が並んだ国旗がなびいていたが、その下には黒い三角旗も掲げられ、王の死を知らせている。

彼ら親子は何の歓迎も受けずに用意された専用車に移り乗り、王宮へと向かった。

何もかもがあらかじめ計画されていた出来事のようで薄気味悪いが、今の理央にはそれを尋ねる気力はなかった。

彼は自分の横に座っている母と姉に視線を向ける。

二人は無言だが、強い眼差しをして背筋を伸ばしていた。

車中の空気が息苦しい。

大丈夫だよな？　俺たち、ここで暮らすんだもんな……。

理央はますます不安を大きくし、途方に暮れた顔で車窓を見つめ続けた。


「うわ。デカイ、綺麗、豪華っ！」

家族と共に王宮に連れてこられた理央は、驚きに口を開けて辺りを見渡す。

白亜の壁には巨大な肖像画や風景画が掛けられ、幾何学《きかがく》模様と花々が描かれた高い天井には、大小のシャンデリアがまばゆい光を放っていた。

母と姉はスーツ姿だからまだいいが、Tシャツにジーンズ姿の理央は声を発した後に猛烈に恥ずかしくなった。足下のお気に入りのスニーカーは、大理石の床の上ではやけにみすぼらしく見える。

「外には衛兵がいたのに、ここには誰もいないのね」

「みな国葬の準備で忙しいんでしょう」

真理の囁きに、耀子は早口で答える。

王宮には、従事している人間は一人も見えなかった。

「みながお待ちかねです。さあ、こちらへどうぞ」

ウォーリック公は穏やかな笑みを浮かべて一階正面の扉に向かい、そしてゆっくりと開いた。

ダンスホールのような広々とした部屋の中から、大勢の人間があふれ出てくる。

「ヨーコ！」

先頭にいたスーツ姿の上品な老婦人は、耀子に両手を広げて駆け寄った。

「お義母《かあ》様……っ！」

真理と理央は顔を見合わせる。

父は国王だった。ということは、彼女は皇太后《こうたいごう》で、姉弟の祖母ということになる。

中からぞろぞろと出てきた人々は、緊張した面持ちの真理の傍《かたわ》らに集まった。男性は真理の手の甲にキスをし、女性たちは腰をちょこんと下げて、それぞれ挨拶《あいさつ》をする。彼らは理央など視界に入っていないかのように、彼をその輪からはじき飛ばした。

あの、あの、あのーっ！　俺も一応は父さんの息子なんですけどっ！　確かに姉さんは次期女王だから皆さんが敬意を表すのは分かりますが……。話しかけられたら緊張するけど、あからさまに無視されるのも……。

エントランスの隅っこでそんなことを思っていた理央は、ふと誰かの視線を感じて振り返る。

緩やかなウェーブを描いた白銀の髪に、すみれ色の瞳を持った、童話の中に登場する王子様のような男が、冷ややかな視線で理央を見つめていた。

年は若いとしか分からないが、落ち着き払った態度から理央よりは年上に違いない。彼は優雅に前髪を掻《か》き上げ、どこか怒っているような表情をしている。

うっわー、綺麗だーっ！　姉さんが昔持ってた、フランス人形の王子様みたいに綺麗だっ！　すらっと背は高いし、足は長いし、こんな綺麗な男って、本当にいるんだな。感心する。

理央は瞳を大きく見開き、ぽかんと口を開けて彼を見つめた。

彼のきらびやかさに、理央は真理を囲む人の輪から外されたことを忘れてしまった。

「理央。ほら理央！　おばあさまに挨拶をして！」

真理は照れくさそうに頬を染めたまま、ぼんやりしていた理央に声を掛ける。

「え？　あ……あの……ハ…How do you do？」

脳細胞を総動員して、やっとのことで口を開いた理央に、彼女は彼を見上げて「日本語でいいのよ、理央」と微笑む。

「へっ？」

真理は理央の脇腹を小突き、「手の甲にチューよ！　手の甲」と囁いた。

「あ……っ。……お、お会いできて……光栄です……」

まさか自分が、映画でしか見たことのない挨拶をすると思っていなかった理央は、震える手でようやく彼女の右手を掴むと、ぎこちなく頭を下げてキスをする。

「まあ、可愛らしい挨拶だこと。わたくしはキャスリン。キャシーおばあちゃんと呼んでね」

皇太后なのにフレンドリーなおばあちゃん。優しそうでよかった。

理央は照れくささで顔を真っ赤にしたが、安堵《あんど》のため息をついた。

だがそんな彼の気持ちをかき消すように、数人の男性がわざと咳払いをする。

「キャスリン皇太后。今は来客を接待するよりも、ヘンリー王の国葬について話し合いをする方が先ではありませんかな？」

「まったくです。わざわざ他国から跡継ぎをお連れしなくとも、我が国には立派な王位継承者がいるではありませんか」

その言葉に、和やかだった場が一瞬に強ばった。

しかしキャシーは顔色一つ変えずにその言葉を無視すると、ウォーリック公を手招きする。

「わたくしの大事な娘と孫たちを、心を込めてもてなしてくださる？」

「はい。喜んで」

ウォーリック公は笑みを浮かべ、理央たちを部屋へと案内した。

なんで俺だけ、別の部屋にいるんだろう。そして、なぜあの、王子様のような綺麗な男が一緒なんだ？　右も左も分からないところにいるんだから、母さんや姉さんと同じ部屋にしてほしいんだけど。それに、何か起きたときに二人を守れないじゃないか……。

床はふかふかの絨毯《じゅうたん》、窓には緞帳《どんちょう》のようなカーテンと繊細なレースのカーテン、立派なソファーセット、どっしりと重厚な本棚、壁にはいかにも高そうな絵画が掛けられた部屋は、来客用には申し分ないだろうが、理央は冷や汗を垂らしながら視線を泳がせる。

「私はルシエル・ヴァート・ウォーリック。あなたの教育係を仰《おお》せつかった」

いきなり日本語しゃべるなーっ！

理央はびくっと体を強ばらせ、ルシエルと名乗った男を見つめた。

「たとえ、どんなにバカで礼儀のなっていない、どうしようもない相手だとしても、父上の命令には逆らえません」

凄いことを言われてるんですけど。もしかして俺は……物凄く嫌われてる？

事態を把握できていない理央は、取り敢えずソファーに腰掛けて気を落ち着かせようと足を動かしたが、もつれてその場に尻餅《しりもち》をつく。

「……まずは、立ち居振る舞いを学習していただこうか」

ルシエルは、自分を見上げたまま固まっている理央の両肩を掴み、難なく立ち上がらせた。

「な、なんで……日本語……」

「お前……ではなく、あなたは何も聞いていないのですか？」

「聞くって？　父さんが国王だったってことか？」

「そうではない」

キスができるほど顔を寄せられた。ふわりといい香りがするのは、シャンプーなのか、それともコロンなのか。もっと匂いを嗅《か》ぎたいと思ってしまった理央は、「相手は男じゃないか」と顔を赤くする。

「な、何も……。だって……いきなり連れてこられたんだし……」

「まったく。父上は私に一から十まで言わせるつもりだったのか？」

ルシエルは忌々《いまいま》しげな顔をして理央から離れると、わざとらしくため息をついた。

「リオ殿下。そこに座りなさい。そして、一度しか言わぬので心して聞くように」

彼は腕を組み、理央がおずおずとソファーに腰掛けるまで待って口を開いた。

「この国が、今からあなたの故郷となる。セキュリティーの問題が発生するので、勝手に帰国しようと思わないこと。ここであなたは、王族の一員としての教育を受けることになる。付属品でも、王族には変わりない。ところで、乗馬はできるか？　フェンシングは？　クリケットは？　ポロは？　軍隊経験はどうだ？」

「ちょっと待ったっ！」

理央は物凄い勢いで立ち上がると、偉そうに腕を組んでいるルシエルを睨《にら》む。

「好きに帰国できないって？　それに、付属ってなんだっ！」

「あなたが帰国されるたび、身辺警護をつけねばならない。だがオーデン国は、付属品に税金の無駄遣《むだづか》いはしない。この国は、男女を問わず長子《ちょうし》が王位を継ぐことになっている。マリ殿下は王位を継ぐ大事なお方だが、あなたは特に必要とされていない。だから付属品なのだ。お分かりか？」

いや、姉さんが女王になるってのは知ってるけど。俺が「特に必要とされてない」って？

俺は母さんと姉さんを守ってだな……っ！

理央は、自分が「付属品」ということに衝撃を受けた。

「しかし、皇太后の考えは違う。あなたには女王を補佐し、外交を担って貰《もら》おうと思っている。だから私が、あなたの教育係となった」

「俺って……いてもいなくてもいい存在なのか？」

「我が国の歴史では、直系だが王位を継げない男子が三度、内戦を起こしている。最後に起きた内戦は一九二〇年。国内が女王派と殿下派に分かれ、血で血を洗う酷《ひど》い戦《いくさ》になったそうだ。だから我が国では、王の、長子でない直系男子は好かれない」

「歴史は繰り返されるということか……」

だから父さんの最後の言葉が「あれ」だったのか。何があっても頑張ろうと思ったけど、これはちょっとキツイ事実だ…。

理央は顔をしかめて俯《うつむ》く。

「我が国は、観光と金融業で成り立っている。内戦が起きたら外貨を獲得するすべを失う」

「だ、だったら俺は、日本にいた方がいいじゃないか。俺がいることで内戦が起きたら、姉さんが大変なことになる。違うか？」

理央は両手の拳を握りしめ、顔を上げてルシエルを睨んだ。

ルシエルは僅《わず》かに肩を竦《すく》めてみせると、理央の向かいのソファーに移動して腰を下ろした。

「それは無理だ。すでに書類の手続きはすべて済ませてある。あなたはここで王族としてのマナーを学習し、半年後には国内の大学に編入していただく」

「ちょっと待ってくれ。俺は英語がまともに話せないっ！　乗馬もフェンシングもクリケットもポロもできないっ！　それに日本にあるのは自衛隊で、軍隊はないっ！　だから軍隊経験もなしっ！　勝手に決められても困るっ！」

「ほう。……ずいぶんと教育し甲斐のある、庶民的な殿下だ」

「殿下と呼ぶなっ！　王位継承権は放棄するっ！　俺がいない方がスムーズにことが運ぶんだろう？　俺は父さんの葬儀が終わったら日本へ帰るっ！」

あくまで高飛車《たかびしゃ》な態度を崩さないルシエルを見つめ、理央は地団駄《じだんだ》を踏んだ。

「マリ殿下と母上を王宮に残してか？　王族と貴族の半分は女王反対派だ。暗殺されても知りませんよ」

「反対派？　お、おい……」

なんだよそれっ！　今知ったぞっ！　どこの歴史大作映画だよっ！

あまりに日常とかけ離れた出来事と言葉に混乱し、理央は頭を抱えてソファーに座り込む。

「連中は、戴冠式《たいかんしき》までの間、様々な手を使ってマリ様を陥《おとし》いれようとするだろう。ここであなたが日本に帰ってごらんなさい。彼らはあなたを誘拐し、マリ様に王位を辞退するよう脅迫《きょうはく》することは目に見えている。私は、あなたがそこまで愚《おろ》かではないと願う」

ルシエルは長い足を優雅に組み、冷ややかなすみれ色の瞳で理央を見据えた。

「誘拐されるなら、どこにいても同じだろうが」

「まさか。ここならば、私があなたを守ることができる」

彼は冷静に呟き、自信に満ちた表情を見せる。

うわー……やっぱ王子様じゃないか。俺なんかよりも、よっぽど王子様じゃないかー。

ルシエルの表情に、理央は思わず見惚《みと》れた。

「皇太后と、王族だとウォーリック家、コンエール家、シャイヤ家が女王賛成派。あなたに対しても、比較的好意的に見ている。それ以外の王族は敵だと思えばいい。また教会は中立の立場を取っている。貴族たちに関しては無視を決め込んで結構。お分かりになったか？」

「お分かりにって……ずいぶんと流ちょうな日本語……」

「両殿下をオーデンに迎え入れるために、わざわざ学習した。特に外交を担当する王族は、訪問先の国語で会話をすると受けがよく、話もスムーズに進むということで、多国語をマスターしている。それに、だ」

まだ続くのかよ。もう、聞いてるの疲れた。喉渇いた。腹減った。

理央はソファーの背にもたれ、腹に両手を当てる。

「我が国は日本からの企業支援も多く、親日国でもある。国民の中にも日本語を解する人間が多い。日本語での乱暴な発言は控えるようお願いする」

「お願いというか……命令されているような気がするんだけど」

「何か言われたか？」

「いいえ、別に」

「では本日の午後から、王族としてのマナーを学んでいただく」

「今日？　俺は喉も渇いているし、腹も減ってるんだけどっ！　メシは？　メシっ！」

ルシエルはゆっくり立ち上がり、腕を組んで理央を見下ろした。

「その言葉遣いはなんですか？」

低く鋭い声で咎《とが》められた理央は、蛇に睨まれた蛙のように、ぴくりとも動けなくなった。

彼は冷ややかな視線で理央を睨んだまま、言葉を続ける。

「庶民の生活が身に付いた人間が、王族の一員になるのだぞ？　いくら殿下とはいえ、今のその軟弱な態度ではバカにされて笑いものになるだけだ。あなたは笑いものになりたいのか？」

自分がバカにされるということは、母や姉もバカにされるということだ。理央はぎこちなく、首を左右に振った。

ルシエルは理央の前に跪《ひざまず》いて、彼の顔を覗き込むように見つめる。

その、僅かに和《やわ》らいだ視線の中に、理央の情けない表情が映った。

「あなたを憎いと思って言うのではない。立派な王族になっていただきたいからだ。お分かりか？」

「お……お分かりです……」

相手が男でも、これだけ美形であれば気が焦《あせ》る。理央はルシエルの視線から逃れるように顔を背けた。

だがルシエルは品定めをするように、不躾《ぶしつけ》に理央の顔を見つめた。

「東洋人は年齢よりも若く見えるというのは本当なのだな。まるで子供だ」

「子供って……っ！　そりゃ……あんたよりは年下かもしれないけど」

「あんた？」

ルシエルは眉を顰めて右手を伸ばすと、理央の頬を摘《つま》んでにゅっと引き伸ばす。しかし彼は、小言を忘れた。

触れた肌は滑らかで、つまんだ頬は柔らかくて気持ちがいい。

「私のことは、ルシエルと呼びなさい」

彼はそう言って、理央の頬から手を離す。

「ルシエル……さん？」

「はい」

「俺は…おなかが減りました」

本当ならば「俺」ではなく「私」なのだが、ルシエルは肩を竦めて手を叩く。すると、次の間から一人の青年が現れた。

年の頃はルシエルと同じぐらいだろうか。柔らかそうな茶色の髪と茶色の瞳を持つ青年は、理央に優しい微笑みを浮かべた。

「彼はトマス・シャイヤ。あなたの世話をする。必要な物は、全て彼が取り揃《そろ》えるが、我が侭は言わぬように」

「初めまして、リオ殿下。お目にかかれて嬉しく思います。……おいルシエル。次の間で、ドキドキしながら話を聞いていたよ。君は相変わらず言葉が悪い」

トマスは理央に挨拶をしてからルシエルを咎《とが》めるように言う。

そしていきなり、理央の頭をよしよしと撫でた。

「あ、あの……」

フレンドリーな人なのは嬉しいけど、これはちょっと…。俺は子供じゃないぞ？

理央はそんなことを思いつつも、トマスの手を払ったりしなかった。

「トマス。どんなヤツだろうと殿下には変わりない。礼儀をわきまえろ」

あんたがわきまえろよっ！

理央はルシエルの言葉に腹を立てる。

「いいじゃないか。押し倒したわけでなし、キスをしたわけでなし」

「私がそんなことをさせると思うか？　お前はお前の仕事をしていればいい」

「自分は殿下に触ったくせに」

「教育係の、物理的指導だ」

「すいませんがっ！　何か食べるものをもらえませんか？　それと、もし手に入るのであれば、日本の新聞を読ませてくださいっ！」

早ければ、もう新聞には俺たちのことが載ってるはずだ。変なことを書かれてないか、ちゃんと記事を確認したい。もちろん、食事をしたあとでなっ！

いつまでも待っていられない理央は、勢いよく立ち上がって怒鳴《どな》った。

「ちょっと……どうしようルシエル。この子、凄く可愛《かわい》い。なんてキュートな顔で怒鳴るんだ？　マリ様がいるから、この子は別に独身でも構わないんだろう？　戴冠式が終わったら、貰っていい？」

トマスはそう言うと、おもむろに理央を抱きしめようとして、ルシエルに右腕を後ろにねじ上げられる。

「相手は殿下だと、何度言ったら分かる？」

「あーもう。分かったから放してくれよ。私は力を使うより頭を使う方が好きなんだ」

「だからなんだ」

「……ったく。冗談が通じないんだから」

ギリギリとねじられていた腕をようやく放してもらえたトマスは、理央に苦笑してみせる。

「少し待っててね。今、食べ物を用意するから。ルシエルに何か言われても、泣いちゃダメだよ？」

彼は理央をまるっきり子供扱いして、部屋から出て行く。

「……あの人、年はいくつなんですか？」

「私よりも一つ下だから……二十七歳。それが何か？」

「俺のことを子供扱いするから、若く見えるだけで年寄りなのかと思ったんだ」

そっか。トマスさんが二十七歳か。変なことを言うけど、ルシエルさんよりは話がしやすそうだ。上手くやっていけるかな……。

理央は再びソファーに腰を下ろし、ため息をつく。

「彼のことは、いちいち気にしなくてよろしい」

「気にするさ。可愛いとかキュートとか、一度も言われたことなかったのに。日本での『カッコイイ』は、この国では『可愛い』になるのか？　俺は海外製のぬいぐるみじゃない」

「あなたは人間だ。ぬいぐるみなら、うるさく怒鳴ったりもしない」

ルシエルは口元に意地の悪い笑みを浮かべ、彼の隣の席に移動する。

好意が感じられない、むしろ相手の窮地《きゅうち》を喜んでいるような笑顔に、理央は顔をしかめた。

「ルシエルさん」

「何か？」

「その顔、怖いからやめてほしいんだけど」

俺を気に入らないのは口調で分かってんだから、わざわざ念を押すような表情をすんなよ。しかも凄く綺麗な顔なんだから、笑うならもっとこう……朗《ほが》らかに笑え。

男に対して「綺麗だから」なんて口に出して言えない理央は、心の中でこっそり思いながら、ルシエルの顔を見た。

「これが地顔」

絶対嘘だから。ああもう……絶対によからぬことを考えてる顔だ。俺、ここでやっていけるのか？　父さん、俺は少しずつ自信が失われていきます。頑張りたいのは山々ですが……って、俺は確かめたいことがあったんだ。

理央はルシエルの顔を見たまま固まる。

「日本人は、目を開けたまま寝られるのか？　殿下」

「俺たちが日本で暮らしていたのは、父さんと母さんの結婚が正式でないからと聞いたんだが本当か？　反対している人間が大勢いるらしいことを聞いたんだけど」

ルシエルが言いづらそうに片手を口元に当てて眉を顰めた時、トマスが銀色のワゴンに軽食や果物、菓子に飲み物を山ほど載せて戻ってくる。

「その話は、彼に聞くのがよろしいかと」

「好き嫌いがあったら申し訳ないと思って、目に入った物をみんな持ってきちゃったよ！」

トマスは人好きのする顔で微笑み、彼らの元にワゴンを押した。


ハムと野菜のサンドウィッチを全て平らげた理央は、リンゴの皮を器用に剝《む》きながらため息をついた。

そうかそうか。母さんは海外で通訳の仕事をしてたときに、お忍びで街に繰り出していた父さんと出会ったのか。ロマンじゃないか！　そんで、今は「女王反対派」となってる王族から反対されてて、正式には結婚できなかった。きっと、「結婚したら子供たちに何が起きるか分からない」とか、いろいろ言われてたんだろう。うんそれは分かる。庶民が王様と結婚して何事もなく幸せに暮らすのは、童話の中だけだ。長い間、根気よく説得してたなんて。大変だったんだな……。

トマスは、話をより劇的にロマンティックに語ってくれたのだが、いかんせん長すぎたので、理央は要点しか覚えられなかった。

「王はいつになったらご結婚なさるのか。お世継ぎの顔が早く見たいと、国民やマスコミはやきもきしていたんだよ。でもほら、そこに君たちが現れた。はいこれ。号外。日本の新聞でなくてごめんね」

トマスはジャケットの内ポケットから折りたたんだ号外を取り出して、理央の前で開いてみせる。

「prince とprincess しか分からない」

「え？　英文が読めないの？　私たちは日本語の読み書きもできるのに？」

トマスの悪気のない驚きに、理央はムッとした顔で「俺は姉さんと違ってバカだから」と呟いた。

「ご自分を卑下《ひげ》するものではない」

それまで黙って紅茶を飲んでいたルシエルは、トマスの手から号外を取り、理央のために翻《ほん》訳《やく》する。

「王女と王子が、国王の葬儀に参列するため、日本から到着。王女の戴冠式は、いつになるのだろうか？　美しいマリ王女は、国王を失った国民への慰めになるだろう」

　自分の名前は一つも出ていない。別に期待されたいわけではないが、ここまで無視されると悲しい。理央は綺麗に皮を剝き、食べやすい大きさに切ったリンゴを銀の皿に載せて項垂《うなだ》れた。

「大丈夫だよリオ殿下。殿下は可愛いから、『私の仕事は女王の補佐と外交です』って宣言すれば、すぐに国民から人気を得られるよ」

「……俺は昔から姉さんと比べられてたし。今更って感じだ。いっそ無視されたままの方が楽でいいや」

「無視？　そんなことは私がさせない。あなたを立派な王族に教育して差し上げる」

　ルシエルの声は低くて、表情はまったく変わらない。

　理央は、彼が義務感から言っているのだと思って悲しくなった。

「でも俺、王族になんてなれるのかな。母さんと姉さんを守るだけなら、王族でなくても別にいいんだけど……」

　自嘲《じちょう》気味に微笑んだ理央は、ルシエルの人差し指で顎《あご》を持ち上げられる。

　まるでキスをするような仕草《しぐさ》に、理央の顔が赤くなった。

「教育係として、ひとつ申し上げておく。今から『でも』『だって』という言葉は禁止」

　なんで俺、赤くなってんだ？　キスでもされると思った？　それはあり得ないっ！　だって俺たちは男同士っ！　いくらルシエルさんが綺麗で、顔を寄せられると照れると言っても、ホモとは違うだろう。ホモとは。

理央は心の中で散々言い訳するが、顔はどんどん赤くなっていく。

「お返事は？」

「は、はい。分かった。分かりましたっ！ もーっ！ とことん分かったっ！」

理央は両手を振り回してルシエルから離れると、ソファーに額を押しつけて深呼吸する。

「反応が信じられないほど可愛い。私はリオちゃんに恋をしてしまいそうだよ、ルシエル」

トマスは両手を頬に添え、うっとりと呟いた。

「そうか、トマス。お前は私に銃殺されたいのか」

「撃つなら顔以外にしてね……ではなくっ！ 君は心を動かされたりしないのかい？ 我らが殿下の可愛らしさにっ！ 日本人は感情を出すのが不得手《ふえて》と聞いていたけれど、それは嘘じゃないか？ いろんな表情を見せてくれる。裏表がなくていいなあ」

ルシエルは渋い表情でトマスを睨んだ。

「いいよ。君に内緒で禁断の愛に燃えるから。ねえ、リオちゃん？」

「も、申し訳ありませんが……俺は……いたってストレートで……」

理央はトマスに顔を向けると、生ぬるい微笑みを浮かべた。

父さん。この国はホモに寛大な国だったんですか？ 俺はますます不安です。

「でも、今のルシエルに対しての反応は恋する乙女だったよ？ それでストレートと言われても、困っちゃうな」

「そういうトマスさんは……」

「私は、可愛いものなら何でも好きだ。そういうものを愛《め》でるのは、貴族のたしなみだからね。ルシエルは違うようだけど」

　理央はトマスからルシエルへと視線を移したが、彼は無表情で頷く。

「仲良くしてくれるのは嬉しいけど、愛《め》でるのはやめてください」

「え～。もしかしてリオちゃんは、ルシエルに一目惚《ぼ》れ？　やめておきなさい。彼は今まで何十人もの女性を振って泣かせてきた、極悪非道な男だ」

「男が男に一目惚れをするわけないでしょうっ！　もうっ！　あまりふざけたことを言っていると、次から問答無用で殴りますよっ！」

　理央はテーブルを拳で叩き、何度目かの大声を出した。

「殿下」

「なんですかっ！」

　ルシエルはいきなり理央の頬をにゅっと摘み「物理的指導」をする。

「暴力の予告をするとはなんですか。あと一つ。他人の前で感情を露《あら》わにするのは止めていただきたい」

「いひゃい……」

「まったく。何をしでかすか予想のつかない人だ」

ルシエルの口調は呆れていたが、顔は微笑んでいる。

うわあ……そんな顔もできるんだ。さっきの意地悪い笑い顔とまったく違うぞ……。

彼の微笑に見惚れた理央は、たちまち耳まで真っ赤にした。

ま、待った。ちょっと待った。なんで俺が、男の笑顔を見て顔を赤くするー。

理央は自分の慌て振りに情けなくなったが、ルシエルはなおも理央を慌てさせる行動を起こした。

彼は理央の頬を摘んでいた指を離し、誘われるように頬にキスをする。

「ずるいよ、ルシエルっ！」

トマスは叫び、理央は固まった。

ルシエルは、固まった理央の頬に何度かキスをすると、冷静に離れる。

「こんなことで固まってどうされる。目の前でもっと大事が起きる場合もあるのですよ」

もっともらしいことを言った割に、ルシエルは意地悪い微笑みを浮かべていた。

「男にキスをされて固まらずにいられるかっ！　なんで俺っ！　どうして俺っ！」

恥ずかしいなんてものじゃないぞ？　相手がなまじ綺麗だから、変にドキドキしちゃったじゃないかっ！　父さん。天国の父さん。こんなふざけた教育係がいてもいいんですか？

理央が目に涙を浮かべて喚《わめ》き、心の中で激しくシャウトした時、乱暴に扉を開けて真理が現

れた。その後ろには耀子もいる。

「お取り込み中失礼。……理央、女王反対派の話は聞いたかしら？　やっかいな連中で困ったものね。でもあなたは当然、この私の味方でしょう？」

彼女は両手を腰に当て、尊大な態度で宣言する。

「なんと言っても、この世でたった二人きりの姉弟。助け合って行かなくてはっ！　分かっていて？」

戴冠式を終える前から女王様振りを如何《いかん》なく発揮する真理に、ルシエルとトマスは微妙な表情を浮かべた。

「私は決意したわ。お父さんが治めていたこの国を、地上の楽園にする。治安力向上、観光客増加、外貨超獲得。素晴らしいわ。きっと天国のお父様も喜んでくれる。そして、私の死後にはハリウッドで『クイーン・マリ』っていう映画を作ってもらう」

姉さん。死んでたら映画は観られないよ。

どこから突っ込んでいいか分からなくなった理央は、取り敢えず最後の言葉にこっそり突っ込む。

「その考えはとてもいいと思うわよ、真理。姉と弟が手を取り合って国をもり立てていく。天国のヘンリーもそれを望んでいたに違いないわ……」

耀子は理央の斜め上四十五度あたりを見つめ、「見守っていてね、あなた」と呟いた。

微妙な表情で自分たちを見ているルシエルとトマスに気づいた真理は、コホンとわざと咳払いしていつもより猫を余分に被る。

「ルシエルさん、トマスさん。あなたがたが理央の世話をしてくださることを聞きました。ふつつかな弟で申し訳ありませんが、王族の一員として恥ずかしくないよう、教育してくださいませ」

「私からもお願いしますね」

真理と耀子が優雅に頭を下げると、彼らもつられて頭を下げた。

「理央。勉学も大事だけれど、私のところへも遊びに来てね。覚えることがたくさんあって頭がどうにかなりそうだけど、あなたの顔を見ていると落ち着くのよ。では、失礼いたします」

真理は来たときとは打って変わって、母とともに上品に去るが、理央は彼女の言葉に打ちのめされる。頭脳明晰で数カ国語を難なく操《あやつ》る姉でさえ、王族教育は「頭がどうにかなりそう」と言っていたのに、はたして自分にクリアできるのだろうか。

「ずいぶんと……活発な殿下だったね……」

「ああ。しかし、あれくらい激しい方が、国民には喜ばれるだろう」

トマスとルシエルはそれぞれ感想を述べると、険《けわ》しい顔をして、石の下のダンゴムシのように丸まっている理央に視線を移す。

「何を落ち込んでおられるか？」

ルシエルは理央の前に跪き、彼の膝に右手を優しく置いた。

「俺には無理だ。姉さんは物凄く頭がよくて、いろんな国の言葉が話せる。人当たりもいい。だからきっと、立派な女王様になれると思う。でも俺は正反対なんだ。英語さえ満足に話せない。礼儀作法だって知らない。こんな俺に、女王様の補佐なんてできるはずがない。やっぱり、単なる護衛として……」

「馬鹿なことを。先ほども申し上げた通り、私があなたを立派な王族にして差し上げる」

彼は理央の右手をそっと持ち上げると、その手の甲に軽くキスをして「この口づけに誓う」と囁《ささや》く。

ルシエルの動作は大変優雅で、傍から見ると映画のワンシーンのようだったが、理央は見ているこっちが気の毒になってしまうほど顔を真っ赤にした。

「なぜ顔を赤くされる?」

「あんたが俺にキスをしたからに決まってんだろっ！　恥ずかしくないのか？　おいっ！」

「別に」

即答するルシエルに、理央がプチンとキレた。

「日本人は、恋人同士以外じゃキスはしないっ！」

「では、私とそういう関係になりますか?」

これにはトマスも驚き、目を大きく見開く。

「へ……？　いや……その……二人とも……男同士だし……俺は……その、申し訳ないが……ストレートで……。そりゃ、ルシエルさんは凄く綺麗で、見惚れることはあるかもしれないけど……でも……」

「父さん。俺はホモになるためにこの国に来たわけではありません。なのにどうして動揺してしまうのでしょうか？　「誓う」とか言われちゃいましたよ。手の甲にチュウですよ。あーもーっ！　台所でキャベツの千切りを山ほど作って気を落ち着かせたいっ！」

しどろもどろになりながら、家事に逃避することを切望した理央の前で、ルシエルが真面目《まじめ》くさった顔で言った。

「冗談です」

「ふざけんなっ！」

理央の拳がルシエルに向けられたが、彼は難なく避ける。

「なんで避けるんだよ……っ！」

勉強がだめなら、スポーツで一番になれればいいねという母の願いで、理央は幼少の頃から様々な武道を学んできた。中でも剣道と合気道は、段位を持っている。

どちらも礼儀を重んじ、己の鍛錬《たんれん》に重きを置く武道だが、今の理央はそれを忘れた。

「精神面に不安あり、と。何事も冷静に対処していただきたい。トマス、しばらく席を外してくれ。私はこれから殿下に、まずは葬儀のマナーとスピーチを覚えて戴く」

精神面に不安だと？　師範と同じことを言いやがってて っ！　俺はまだ鍛錬が足りないからいいのっ！　これから頑張るんだからっ！

理央は鼻息も荒く、ルシエルを睨む。

彼らのやり取りを見守っていたトマスは、ため息交じりに呟いた。

「あんまり苛めちゃダメだよ？　君はキツイから……」

「私は教育係だ。教師が生徒に厳しく接して何が悪い。さっさと出て行け」

「はいはい。じゃあね、リオちゃん。ディナーで会いましょう」

ちょっと待ってくれーっ！　俺をこの人と二人っきりにしないでーっ！

言動が変でも、自分を庇《かば》ってくれるトマスがいなくなるのは困る。

理央は思わず立ち上がって彼を追いかけようとしたが、ルシエルにがっしりと手首を摑まれてつんのめった。


騎馬隊が漆黒《しっこく》の旗を持って行進する。その後を、銃剣を掲げた護衛隊が続く。

理央たちが王宮に到着して四日後、国王の葬儀がしめやかに行われた。

皇太后と母の後ろに真理と理央が続く。彼らは、棺桶《かんおけ》から下がる黒と白の長いリボンの端を握りしめていた。その後ろに国王の棺桶が続く。オーデン・ブルーと呼ばれる鮮やかな青の国旗がかけられた棺桶は六人の「サイレントチェスター」に担がれている。棺桶の後ろには王族が、それぞれ手に白百合《しらゆり》を持って歩いた。

漆黒の行進が聖クリストフ教会から王家霊廟《れいびょう》まで続く。沿道は、王に最期《さいご》の別れを告げる国民で埋め尽くされ、各国のマスコミたちは沿道の後ろに追いやられていた。

ああ、父さんは凄くいい国王だったんだな。たくさんの人たちが、名前を呼びながらすすり泣いてる。

理央はそんなことを思いながら、隣を歩く姉に遅れないよう歩調を合わせる。

馬の蹄《ひづめ》の音とすすり泣きが聞こえる中、遙《はる》か東の国からやってきた王女と王子は、カメラのフラッシュを浴び続けた。

「あんなに緊張したの、生まれて初めてかもしれないわ」

食事会を前に、一旦《いったん》控え室に入った真理は、黒スーツのままソファーにぐったりと身を沈めた。

「姉さんはいいよ。……俺なんか……何度とちったことか……」

理央は彼女の隣に座り、両手で頭を抱えた。

「そう？　でも、あのスピーチは微笑ましくてよかったわよ？　『長子でない直系の男子は縁起悪い』と聞いていたわりに、集まった人たちは理央のスピーチをちゃんと聞いてくれたじゃないの」

「呆れただけじゃないか？　あーもー、きっと日本のマスコミもいたんだぞ？　昨日届いた日本の新聞を見たか？　『世紀のシンデレラストーリー』とか書かれてた。そのうち、赤の他人が友人の振りをして『理央君はこういう人でした』とか、好き勝手に語ってスキャンダルが起きるんだ。想像しただけでも恐《おそ》ろしい」

「そんな小さなことを気にしている場合じゃないわよ。一カ月後には戴冠式があるのよ。順調に行けばの話だけど」

真理はやっとのことで体を起こし、黒レースの手袋を外《はず》す。

「おばあさまが、お父さんの持っていた領土のいくつかをお母さんに譲与しようと頑張っているらしいけど……反対派が反対しているらしいのよね」

「姉さん、日本語が変だ……ってのはまず置いといて、母さんが庶民のままじゃまずいってことか？」

理央も手袋を外し、締め付けから解放された指を動かしながら尋ねた。

「そうらしいのよねー。特権階級のしきたりが意外に複雑なのよ。二十一世紀にもなって。私が女王になったら、お父さんの持っていた領土を全て引き継ぐでしょ？　それから、私がお母さんに領土を分けてあげてもいいと思うんだけど。理央はどう思う？」

「それがいいんじゃないか？　王族が自分の領土をどうするかってのは、内閣だって口を出せないんだろう？」

　理央は黒ジャケットを脱ぐと、締め慣れないネクタイを乱暴に緩《ゆる》める。大層立派な仕立てのスーツは、葬儀用にと急遽《きゅうきょ》オーダーされたものだった。

「あら、よく分かってるじゃない。ルシエルさんのおかげね」

「あー……うん。そうかも」

　にっこり微笑む真理に、理央は抑揚《よくよう》のない声で答える。

　オーデン国に到着してから今日でたった四日だが、「授業」のことは、はっきりいって思い出したくない。

「なぜ一度で覚えないのか？」「どうして理解できないのか？」と表情に出して、呆れ交じりのため息をつく。

　幼い頃から賢い姉と比べられ続けていた理央は、それと同じ表情を数え切れないくらい見せられてきた。態度に示した方は、どれだけ理央が傷つくのか分からないのだろう。

　俺を立派な王族にするって言ってたから、厳しいとは思っていたけど……スパルタなんてもんじゃない。スパルタはまだ甘いっ！　あの授業は拷問《ごうもん》だ。たった数日で、オーデン国の歴史を覚えられるわけがないじゃないか。それを、片っ端から暗記させられたんだぞ？　夢にまで見た。悪夢だ。ああでも、もう半分は忘れたような気がする。俺の脳みそはそろそろ限界。

理央はルシエルの厳しい表情を思い出し、思い切り顔をしかめた。

そこに拷問官、もとい、教育係のルシエルが、父親のウォーリック公と共に現れる。

「マリ殿下、リオ殿下。国民の声は上々ですぞ」

彼には様々な情報網があるのだろう。そうでなければ、葬儀が終わって数時間もしないのに、国民の声など分からない。

ウォーリック公は安堵した表情で、二人の元に向かった。

「不穏な動きが二、三あり、軍が抑えました。葬送《そうそう》の場で銃を構えるなど不謹慎な」

ルシエルの言葉に、真理と理央の表情が強ばる。

即位を反対されるということは、こういうことなのだ。最悪の場合、亡き者にされるということを二人は改めて知った。

特に理央は「姉を守らなければ」と決意していたので、自分が関われなかったにしろ何事もなくてよかったと胸を撫で下ろす。

「知っておかれた方がよいかと思いましたので」

渋い表情を浮かべるウォーリック公の横で、ルシエルは冷静に呟く。

「……そうね。でも大事には至らなかったからいいわ。もし狙撃事件が起きたら、全世界にオーデン国の恥をさらすところだったでしょう？　ルシエルさん、事態を収めてくれた方々に感謝の言葉を伝えてください」

姉さん。女王様っぽいっ！　なんか、カッコイイっ！

日本にいた頃は、理不尽だが説得力のある言葉でいつもやりこめられていた理央は、今だけは姉の言葉に素直に感動した。

「さて。来週から様々な催《もよお》しが始まります。まずはお披露目ダンスパーティー。各国の王子を虜《とりこ》にするのも一興ですぞ？　殿下」

「それは、他国の王家と親密になっておくと事が有利に運ぶという事かしら？　ふふ。いいわね。合コン荒らしの血が騒ぐわ」

はて、「ゴウコン」とはなんぞや。

ウォーリック公はちょこんと首を傾《かし》げたが、真理の頭の回転の良さに満足の笑みを浮かべる。

「そしたら俺は、各国の王女様たちと親密になればいいということか。よし」

「その前に、あなたはダンスを覚えなければ」

ルシエルにサックリ突っ込まれ、理央は顔をしかめた。

「王族だけの狩りもあるんでしょう？　私は大学で馬術部だったからいいけど、理央、あなたは乗馬の練習もしなくちゃ。オーデン国の国技は馬術よ？　狩りで落馬したら、反対派からバカにされちゃう」

「体を動かすことなら、なんとかなる」

「そうであってほしいものです」

なんでこの人は、そういちいち揚《あ》げ足を取るようなことを言うのかなっ！　俺を立派な王族にするって、誓ったくせにっ！

理央はしょっぱい表情を浮かべ、ルシエルを睨む。

そこに今度は、黒のスーツから私服に着替えた皇太后と耀子が現れた。

「わたくしの可愛い孫たちっ！　立派な喪主でしたよ！　ヘンリーも天国で喜んでいることでしょう。さあ、キスをさせておくれ」

目尻に涙を浮かべてはいたが、皇太后は元気いっぱいに両手を広げる。彼女は真理と理央を交互に抱きしめて、頬や額に何度もキスをする。

真理はすんなり受け入れるが、理央は耳まで真っ赤になった。

「だめねえ、理央は。こういうのはスマートに受けなくちゃ。『海外だからなんでもオッケー』ぐらいに思って」

耀子は、照れまくっている息子に呆れ声を出す。

「仕方ないだろうっ！　俺は二十年間、日本人として生きてきたんだっ！　それに、姉さんのように図々《ずうずう》しくもないっ！」

「この、バカ弟っ！　誰が図々しいのよっ！　積極的と言いなさい、積極的とっ！」

真理は拳で理央の頭を容赦《ようしゃ》なく殴った後、「あら、いやだわ。私ったら」と繕《つくろ》うように上品に笑った。


それからの数日は勉学やダンスのレッスンもままならず、テレビでしか見たことのない各国代表と会い、マスコミの対応に追われ続けた。

「話しすぎて、口と顎が疲れた……」

日本のテレビ局の取材に応じた理央は、部屋に戻って来るなり寝室に向かい、天蓋《てんがい》つきのゴージャスなベッドへダイブする。

「お疲れ様。冷たいハーブティーをどうぞ。頭がスッキリするよ」

トマスは寝室のドアにもたれ、理央に微笑みかけた。

「ありがとうトマスさん……」

「そんなに疲れるまで気を遣わなくてもいいのに。理由はいくらでもつけられるんだから、イヤならイヤだと断ってもいいんだよ？」

「せっかく来てくれたのに断るなんて申し訳ないじゃないか。それじゃなくても俺は、歓迎されないオマケと言われてるんだ。少しでも心証をよくしておかないと、姉さんと母さんが困る」

理央は肌触りのいいリネンに顔を埋め、くぐもった声で呟く。

「その心がけは賞賛に値するが、日本語なまりの英語は耳障《ざわ》りで、通訳がいなければ会話もままならないというのはいかがなものか」

出やがったっ！　ロッテンマイヤーっ！

理央は心の中で、少女小説に出てくる厳格なガバネスの名をシャウトした。

「午後の授業は乗馬。馬上で英語の発音も復習していただく。よろしいか？」

「よろしくなくても、そうするんだろう？」

「当然。私はあなたを立派な王族にする義務がある」

もっと優しく言ってくれれば、俺だって必死に頑張ろうと思うのに。この人に勉強を習ってると、段々と落ち込むんだよな。父さん、あなたの息子は異国の空の下、けなげに頑張っています。どうか見守っていてください。

理央は心の中で父に呟き、深いため息をつきながら起きあがる。

「トマスさん。俺……おにぎりが食べたい。それがダメなら、厨房《ちゅうぼう》で包丁を握らせてくれ」

「おにぎりはともかく、包丁はだめ。危ないでしょう？」

「日本にいた頃は、俺が家事を引き受けてたんだ。なのにここに来てから一週間、一度も包丁を握ってない。頼むから、キャベツの千切りを作らせてくれ。あれはいいストレス解消になる。

でなかったら、洗濯をさせて。洗濯。アイロンがけでもいい」

「洗濯？　アイロンがけ？　ダメダメ。もってのほかっ！」

トマスは顔をしかめて首を左右に振った。

「家事をする王族がいたっていいじゃないか！　庶民出身の王子なんだから庶民的にさせてくれ。どっちかやらせてくれたら、俺は今まで以上に頑張りますっ！」

理央はトマスとルシエルを交互に見て、最後にルシエルに両手を合わせた。

心の中で「ロッテンマイヤーめ」と悪態をつこうとも、決定権を握っているのは彼なので、ここは拝むしか仕方がない。

「……洗濯をされるより、キャベツの千切りの方がマシか。よろしい。許可します」

「やったっ！　じゃあ俺、今すぐ厨房へ行ってくるっ！」

理央はスーツのジャケットを脱ぎ、ネクタイを外してベッドから飛び降りる。だが、その手をルシエルに掴まれた。

「誰が一人で行かせると？」

「行くのは厨房だぞ？」

「どこに反対派の息のかかった連中がいるか分からない。どこに行くにも、私を連れて行くように」

それじゃ、ストレス解消にならないんですけど……っ！

だが、決定権のない理央には発言権もなかった。彼はルシエルにずるずると引っ張られて、情けない顔で部屋から出て行く。

「あーあ。可哀相《かわいそう》。……ハーブティーも飲まずに行っちゃったよ」

トマスはどこか面白《おもしろ》がっているような表情を浮かべ、独り言を呟いた。


ようやく昼食の用意を終え、のんびりしていた料理人と見習《みなら》いたちは、突然現れた殿下と教育係に驚きとまどった。

ずいぶん昔の話とはいえ「縁起の悪いオマケ王子」の噂はここでも健在で、彼らは「うわー、厨房が火事になったらどうしよう」「料理の味がまずくなったら困る」と心の中でうんざりする。

「なにか困ったことでも?」

顔に思い切り「迷惑です」と書き、たどたどしい日本語で対応する料理長に、ルシエルが早口の英語で答える。料理長以下料理人たちは、その言葉に顔を見合わせてひそひそと何か言い合ったが、最終的には合意に達したようで、仏頂面《ぶっちょうづら》で「please」と言い、理央を厨房の中へと渋々案内する。

言葉は分からなくても、嫌がられてるのはよく分かるぞ。悪口のニュアンスは万国共通だ。でもここでヘコんだら、俺のストレス解消法はなくなってしまう。無視だ無視。頑張って無視。まな板の上に大きなキャベツと包丁を用意して貰った理央は、腕まくりをして丁寧に手を洗った。

「さてと。久しぶりだな、キャベツ。今日は思う存分切ってやる」

理央は異国のキャベツに話しかけると、鮮やかな手つきで刻んでいく。

リズミカルな音は途切れることなく、極細の糸のような千切りを作っていく。

最初は「オマケ王子に何ができる」と意地の悪い視線で見ていた料理人たちは、理央の芸術的な包丁さばきに感嘆《かんたん》のため息を漏らした。

ルシエルも、思わず目を見張る。

料理人たちは「おお！」と声を上げて、ついに拍手をした。

実力の世界で生きている「職人たち」に、偉そうな肩書きは通用しない。実力には実力で対抗し、認めて貰うしかないのだ。それがキャベツの千切りであっても、理央の実力を見るには十分だった。

気むずかしいプロフェッショナルたちは、素直に理央を讃《たた》えた。

「よし。この千切りは、ザワークラフトにでもしてくれ。なあ、他に何かないか？　ジャガイモの皮むきでも、にんじんの皮むきでも、なんでもできるぞ？　というか、やらせてくれ」

理央は清々《すがすが》しい微笑みを浮かべて言うが、ルシエルはわざと通訳しなかった。王子にジャガイモの皮むきをさせるつもりはないのだ。

「ルシエルさん」

「ジャガイモの皮むきは不許可」

「分かった。だったらおにぎりを作らせてくれ。いや、ここにいい物があるじゃないかっ！　親日国だから？」

理央は「米酢」と漢字で書かれたビンを見つけ、「スシ」と呟く。

その途端、厨房内に「スシコール」が響き渡った。

彼らは理央を「縁起の悪いオマケ王子」としてではなく「素晴らしい技術を持った料理仲間」と認め、彼の料理の腕を期待する。それに、殿下の作った料理を食べたと、あとで家族に自慢したいのだ。

「さすがに、海苔はないんだよなー。だとしたら、レタスを使って変わり巻きずしでも作るか。母さんと姉さんにも食べさせてやりたいし。……それくらいしてもいいだろう？」

理央はルシエルに伺《うかが》いを立てる。

「ご随意《ずいい》に」

ルシエルは、理央の予想に反して気持ちよく頷いた。

「これが、スモークサーモンを入れたカリフォルニアロールもどき。こっちは、チーズを入れたフィラデルフィアロールもどき。んで、豪華なキャビア巻きに、季節の野菜を使ったスシサラダ、と！　どうぞ、召し上がれ。……ええと、eat please」

ルシエルが「誰がいつそんな英語を教えたか」としかめっ面《つら》をする横で、理央は大皿に綺麗に盛った変わり巻きずしを料理人たちに勧める。

母と姉の分は、既《すで》に給仕《きゅうじ》に持たせた。日本食を食べられると、きっと喜んでくれるだろう。

あとは自分たちが平らげる番だ。

彼らは我先にと手を伸ばし、海苔の代わりにレタスで包まれた変わり寿司を手にする。

みな立ったまま、それぞれ口に入れては「んー」と旨《うま》い呻《うめ》き声を上げた。

「どう？」

理央は自信満々の表情で、フィラデルフィアロールもどきを頬張っていたルシエルに感想を求めた。

彼がゆっくりと頷いたのを見て、理央は「やった！」と子供のような無邪気な笑顔を見せた。

俺、初めて誉《ほ》められたっ！　父さん、天国の父さん。息子は今、感無量ですっ！

方々から「delicious」の声が聞こえる。

「みんなが喜んでくれてよかった。今度は菓子を作りたいな。晩餐会《ばんさんかい》に出すデザートとか」

「不許可。趣味で作られるには構わないが、それはあなたの仕事ではない」

「あ、そっか。……じゃあ、たまにでいいから、ここで料理を作ってもいいか？」

「それは許可。思う存分されるがいい。ただし、シェフたちの邪魔にならぬよう」

料理人たちは既に「リオ殿下のファン」になったようだ。料理の腕と屈託《くったく》のない笑顔を見せられたら、誰でもファンになるだろう。この調子で、他の侍従《じじゅう》の心も摑んでほしいものだ。

ルシエルは二つめの変わり巻きに手を伸ばして頷く。

「ありがとう」

理央は小さく呟いて、はにかむように微笑んだ。

その可愛らしい笑顔は、賞賛に値する。

ルシエルは、密かにその笑顔を堪能した。


後ろ髪引かれる思いで厨房をあとにした理央は、トマスが用意した乗馬服に着替え、ルシエルと共に厩《きゅうしゃ》舎に向かった。

王宮の外《はず》れにある厩舎は巨大で、彼らが馬房《ばぼう》に入った途端、何十頭ものサラブレッドが一斉に注目した。

馬は賢い生き物って聞くからなあ。さしずめ俺を品定めしてるって感じか？

理央はルシエルの後ろを歩きながら、自分が通り過ぎるのを視線で追い続ける馬たちを見つめ、緊張した。

「アレックス。相手は素人だがよろしく頼む」

ルシエルは自分の頬に鼻先を擦りつけて甘える馬にそう言うと、ポンと軽く首を叩く。

堂々としたあし毛の雌馬は、艶やかに濡れた大きな瞳で理央を見下ろした。

「この馬は、馬房のなかで一番性格が大人しく辛抱強い。そして、ヘンリー王の愛馬でもあった。これからはあなたが主《あるじ》となる。愛情を込めて世話をするように」

「よ、よろしくアレックス」

理央はルシエルの後ろに隠れて挨拶をした。

「なぜそこで？」

「子供の頃に、馬に頭を噛《か》まれたことがあるんだ。だから、馴れるまでに時間がかかる」

ここに真理がいたら「それは噛んだのではなく、毛繕いをしてくれたのよ」と言っただろう。

だが、その当時の理央にそんなことが分かるはずもなく、「頭を噛まれた」という衝撃だけがいつまでも残った。

人はそれを「トラウマ」と言う。

理央の体は、どう頑張っても馬に近づくことを拒否していた。

「近寄らずにどうやって乗馬をされる？　マリ殿下が、オーデン国の国技は馬術だと言ったことをお忘れか？」

「覚えてる。俺にもちゃんと分かってる。近づこうと努力をしているじゃないか。……乗馬じゃなくフェンシングに予定変更は？」

「却下。アレックスはあなたを噛んだりしない。ほら、もっと近づいてみなさい」

ルシエルは理央の腕を摑んで引っ張るが、彼は渾身《こんしん》の力を込めてその場に踏みとどまる。

「無理強《むりじ》いするなー。時間をかけて馴れさせろー」

「私にキスをされる。アレックスの首に触る。どちらかを選びなさい」

少々卑怯《ひきょう》だとは思ったが、これ以外に理央を動かす手段はないとルシエルは判断した。

「そんな……」

「私は、もしかしたらキスだけでは済まないかもしれない」

何をするんだ？　何を。ロッテンマイヤーの新たな嫌がらせか？　立派な王族になるためのレッスンは受けるが、ホモレッスンはいらないぞっ！

理央はブルーグレーの瞳を見開いたまま沈黙する。

ルシエルは涼しい顔で理央を見つめ、返事を待った。

「そ、そんなの……どっちも……」

言っているうちに、理央の顔が赤くなる。

なぜ赤くなる、俺っ！　実はホモ因子を持ってるのか？　ははは、じゃあホモレッスンはしなくていいじゃないか……って違うっ！　普通ならここは怒るところだろう？　何を言われようと俺は殿下。ルシエルより立場は上っ！

「殿下」

理央は悔しそうに呻《うめ》き声を上げて俯き、自分のブーツを見つめた。

ルシエルの低い声が耳にくすぐったい。理央はますます顔を赤くして、やっとのことで

「馬」と呟く。

「ならば、アレックスの首を撫でてあげなさい。大丈夫、絶対に噛まない」

彼は俯いたままの理央の肩を掴み、アレックスの前にそっと押し出した。

興味津々のアレックスは、理央に鼻先を向けて匂いを嗅ぐ。彼の匂いが気に入ったのか、怯えている彼をからかおうとしたのか、アレックスは理央の頬に鼻先を押しつけた。

ぎゃーっ！　生温かい息がっ！　ほっぺ、囓《かじ》られるっ！　ほっぺっ！

だがアレックスは何もしない。

「彼女がわざわざ顔を寄せてくれたから、額や頬を撫でてあげなさい。優しく、ゆっくりと」

言うのは簡単だが、行うのは難しい。

最初はフェイントで、実は手を噛むつもりかもしれない。指を骨折したらどうしよう。最悪

の場合、もげちゃうかも……っ！

理央の想像力は、「馬房の惨劇」を頭の中で何度も繰り返した。

「まったく」

ルシエルは彼の背中にぴたりと寄り添い、自分の右手で彼の右手を掴み、そのままアレックスに近づける。

「な……っ！」

「馬は臆病な生き物なので、いきなり大きな声を出さないように」

「は、はい……」

語尾が奇妙に上がるが、気にする余裕はない。理央は、ルシエルの操り人形になったまま、アレックスの頬に掌を押しつけた。

「え……？」

しっとりとして温かい。不思議な触り心地だったが、気持ち悪くはない。それに、恐ろしさは感じられなかった。

理央の呼吸が整い始める。彼はルシエルに手を掴まれたままだったが、サラブレッドの感触を堪能した。

頬や額、首をゆっくり撫でてやると、アレックスは目を細めてすこしだらしない顔をする。

「あなたがリラックスしたので、アレックスもリラックスした。まだ恐怖を感じられるか？」

「今は、どうにか……平気」

背中にルシエルの体温を感じる。それだけで、こうも落ち着いてしまう自分がばからしい。

それでも理央は、ルシエルに離れてほしくなかった。


鞍《くら》をつけ、頭絡《とうらく》を使ってハミを噛ませる。

絶対に、次からは自分がやることになるんだ。ここである程度覚えておかないと、怒られる。

理央はルシエルの手際よい動作を、忘れないように観察した。

「さて。次はあなただ。ジャケットを脱ぎなさい。ボディプロテクターをつけて戴く」

「俺は、運動神経と家事能力だけは他人に自慢できる」

「さっきまで馬に触れもしなかった初心者が何を言われるか。教育係の言うことをちゃんと聞くように」

理央は、眉間に皺を寄せたルシエルに、強引にプロテクターを着せられ、乗馬用ヘルメットを被せられる。

「なんか……物凄く格好悪い気がする」

それを肯定するように、アレックスの隣の馬が歯を剝き出して笑った。

ルシエルの合図で、アレックスは理央を乗せたまま馬繋場を常歩する。

「まるで回転寿司の『たまご』になった気分だ。いつまでも回りっぱなし」

理央は姿勢を正し、アレックスの動きに合わせながら退屈そうに呟いた。

「あれがオマケの王子様だ」と、最初は興味津々で観察していた調教師たちは、理央が派手なパフォーマンスをしないので退屈になり、各自いつもの仕事に戻っている。

「お前も退屈だよな？　アレックス」

理央はアレックスの首をポンと軽く叩いた。頭や頬を撫でるのはまだ噛み付かれそうで怖《こわ》いが、首ならばどうにか撫でられるようになった。

「もっと別のことを教えてくれればいいのに。たとえば、映画に出てくるような駆け足とか」

その思いが伝わったのか、アレックスはルシエルの合図を無視していきなり駆け出す。

「ぎゃーっ！」

「アレックスっ！」

理央の男らしい悲鳴と、ルシエルの叱責《しっせき》の声が重なった。

アレックスは理央を乗せたまま楽々と柵を乗り越える。

理央が落馬すると思っていたが、さすがは運動神経を誇るだけあり、手綱《たづな》を掴んで辛うじて馬上に踏みとどまった。

「おお、なかなか……ではない。早く追いかけないと」

ルシエルはアレックスが走っていく方向を確認して、すぐさま馬房に入った。


最初は振り落とされまいと必死に手綱を掴んでいた理央は、あることに気がつく。

なんだ、大した速度じゃない。速いと感じたのは、柵を跳び越える前だけだったのか。これなら、落馬する危険はないな。

「って、俺、ちゃんとした乗り方はまだ習ってないっ！」

焦る理央を知ってか知らずか、アレックスは軽快な足取りで森の中に入った。

「馬は賢い。ということは、迷子にならず厩舎に戻るって事だよな？　だろ？　お前は父さんの愛馬だって聞いた。だったら賢いはずだ」

侍従たちは「裏のお庭」と簡単に言っている場所だが、普通はお庭に「森」などない。

理央はアレックスの動きに必死に合わせながら、ルシエルが追いかけてくれることを祈った。

俺の教育係なんだから、ちゃんと追いかけてくるよな？　俺を立派な王族にするって誓ったんだ。絶対に来るっ！　もし来なかったら呪うぞっ！　キスだってそう易々《やすやす》とさせるかっ！

そう心の中で叫んだところで、理央は顔を赤くする。

「は？　なんでキスなんだよ。俺はいつ女の子になったんだ？　ホモはだめ。ホモは」

理央が自分に言い聞かせるように呟いたとき、やっとアレックスが足を止めた。彼女は辺りを警戒するように耳を動かし、左前方に片耳を向けた。

「ん……？」

理央は誘われるようにアレックスの耳の先に視線を移す。

馬上の人間が二人。顔はよく見えないが、片方は小太りで、もう片方はすらりとしている。

彼らは馬を並べて常歩させ、何やらこそこそと話し合っていた。時折、意地悪そうな不愉快な笑い声が聞こえてくる。

ええと。頭の中を整理しろ、理央殿下。ここは、王宮の裏の森。ということは、あの二人は王族か、王族にゆかりの深い貴族、でいいんだよな。しかも密会風。笑い声が無性にムカつくのは……。

話の内容を聞き取るためにもっと近寄ろうと、理央がアレックスの腹を軽く蹴って動かそうとしたそのとき。

理央のヘルメットに木の枝が当たった。

「へ……？」

後ろを振り向くと、栗毛の馬に乗ったルシエルが人差し指を唇に押し当てている。

あー……茶色馬に乗った王子様だよー。

理央は馬上のルシエルに見惚れたが、彼は優雅に馬から下りて理央の元に近づき、アレックスの手綱を軽く引っ張る。

それだけでアレックスは素直に言うことを聞き、ルシエルの後に続いて歩いた。


「無謀なことは控えていただきたい」

密会風の二人に声を聞かれることのない、十分に離れた場所についたところで、ルシエルは理央を鞍から下ろしながら言った。

柔らかな下草に小鳥が飛び交う湖。理央の知らない木々が気持ちのよい日陰を作っている。

「アレックスが勝手に走り出した」

「そうではなく。彼らの話を盗み聞きしようとしたことを言っているのです」

「だって、物凄く怪しかったから……」

「『だって』は禁止と申し上げた」

「分かりましたー」

理央はヘルメットを脱いで木の根元に腰を下ろす。冷や汗で湿った髪が湖面を渡る風に煽《あお》られて気持ちがいい。

「アレックスは馬房で一番大人しい馬って言ってたけど、嘘だったな。あやうく振り落とされるところだった。尻が痛い」

「陛下とはロデオのような乱暴な遊びも楽しんでいましたから、殿下を背に乗せた時に、そのことを思い出したのでしょう」

ルシエルは馬たちが草を食《は》めるように、ハミを外しながら呟いた。

「サラブレッドでロデオ……。なんて勿体《もったい》ない。いや豪華というべき……って、なんだーっ！」

理央はアレックスに髪をもぐもぐと噛まれ、大声を上げる。

「か、か、噛まれたっ！　また噛まれたっ！」

幼い頃のトラウマがよみがえった理央は、恥も外聞もなく、物凄い勢いでルシエルの腰にしがみついた。

理央の体格で勢いよく「タックル」されたら、普通はよろけるか尻餅をつく。だがルシエルは、よろめきもせずに難なく受け止めた。

「殿下」

「ハゲができてないか？　ハゲっ！　もしかしたら血が出てるかもっ！」

ルシエルはアレックスと顔を見合わせ、軽く肩を竦めると、理央の髪を少々乱暴に掻き回す。

「アレックスは、毛繕いをしているだけと思いますが……」

「え……？」

「彼女は陛下の髪も、こうやって毛繕いをしていた。私は一度もされたことはないが」

ルシエルは苦笑を浮かべて、アレックスの額や鼻を撫でた。

「そ、そうか……嚙まれたんじゃないなら……いいか」

安堵したのもつかの間、理央は自分の今の姿に赤面する。

なんで俺、ルシエルさんの腰にしがみついてんの？　しかもこの人、嫌がってないしっ！　俺の頭を撫でてるしっ！　やっぱり俺はホモの素質あり？　無意識の行動でこれはヤバい。父さん、俺は現在ピンチですっ！

理央はどういうタイミングで体を離せばよいか分からず、だらだらと冷や汗を垂らす。

「いつまでそうしているおつもりか？　殿下」

「いやその……」

「安心なさい。アレックスはサーシャの側《そば》に行きました」

あの茶色の馬はサーシャっていうんですね。はい分かりました。

理央は強ばったまま、ぎこちなく頷く。

「それは……よかった」

ルシエルは自分の腰にしがみついている理央の腕を静かに剝がすと、彼の前に片膝をついた。

「ごめん。体が強ばってた。初回からこれじゃ、先が思いやられる。落馬しなかったのはラッキーだ」

「素晴らしい運動神経と申し上げる。普通なら、アレックスが柵を越えるところで落馬です。基礎を一通り学習すれば、エンデュランスも大丈夫かと」

理央はエンデュランスの意味も知らず、小さく頷いた。

「素直に頷くとは可愛らしい」

無意識に本能が動き出す。ルシエルは理央に顔を寄せて、彼のこめかみにキスをした。

「ひ、ひとつ……伺ってもよろしいですか？」

あー……この顔のアップは、いろんな意味で危険。けど、ここで聞かねばいつ聞くっ！

理央は真っ赤な顔でルシエルを見つめる。

「何か」

「あ、あなたは……ホモ？　いや……ええと、ゲイ？」

「くだらない」と叱責されるのを覚悟で聞いたのに、ルシエルは眉を顰めてしばらく沈黙した。

ＢＧＭは小鳥のさえずりと、風が木々の葉を揺らす音。

この沈黙っ！　なんで沈黙っ！　いつものあんたらしくないぞっ！　もっとこうスパッとハキハキとっ！　さっさと言えよ、ロッテンマイヤーっ！

キスをしないのにキスのできる距離に居続けるのが、こんなにも辛いと思わなかった。

理央は、自分が何かの我慢大会に出ているような気分になる。

ルシエルは早口の英語で言い返した。

「俺の英語の読解力は、ルシエルさんが一番よく知ってると思うんだけど。もう一回、日本語で言ってくれ」

「あ、ああ失敬。『そういうことを考えたことはなかった』、です」

冷静に言うことかー？

理央は渋い表情で下草の上に胡座《あぐら》をかいた。

「おい美形っ！　自分の性癖ぐらい把握しろよっ！　俺はストレートなんだから変な真似はするなっ！」

「もしや、私を意識しているのですか？」

「意識というか、そんな綺麗な顔を近づけられたら妙な気分になるっ！　これってなんだ？ストックホルムシンドロームか？　それとも吊り橋効果か？」

どちらも、命にかかわる特殊な環境下で、自己防衛手段として発生する疑似恋愛だ。

少々ズレた発言だが、理央の必死の意図は相手に伝わった。

ルシエルは片手を口に当て、理央から視線を逸《そ》らして再び沈黙する。

彼は何やら葛藤しているようだが、理央は超能力者ではないので、その心中を察することなどできない。

「あの。俺はそんなに変なことを言いましたかね？」

「いや、訂正するところは何も……」

「だったら、答えがほしいんですが、センセー」

理央がため息交じりに呟いた時、彼らの後ろで馬のいななく声が聞こえた。

慌てて振り返ると、さっきまで密談らしきものをしていた二人の男性が、馬上から理央とルシエルを見下ろしている。

しかし二人とも、理央を無視してルシエルに話しかけた。

「こんなところで遊んでいる暇などあるのですかな？　ルシエル様」

「まあ、よしましょう。キャスリン皇太后は、ウォーリック家には甘い方ですから。何をやっても許されるのでしょう。それに彼の母親は……」

彼らがわざわざ日本語でしゃべるのは、理央にも聞かせたいためだろう。

「私に馬上から声を掛けるとは礼儀知らずも甚《はなは》だしい」

ルシエルは素早く立ち上がると、馴れ馴れしい口調で自分をバカにしようとする彼らの言葉を遮《さえぎ》り、威圧的な低い声で対応する。

彼らは一瞬ひるんだ顔を見せたが、すぐに意地の悪い微笑みを浮かべた。

「こんなところでぼんやりしているよりも、他にやるべき事があるのではありませんか？」

「そうそう。女王反対派は、戴冠式延期要請の書状をセント・ポーラ教会に持って行くと聞きました」

戴冠式の延期だとっ！　こいつらは女王反対派か……っ！

姉の敵は自分の敵。理央は鋭い視線を馬上の男たちに向けた。

「何を言うかと思えば、ずいぶんと古い情報を。こちら側が何も知らないと思っているとしたら、ずいぶんと愚かだ」

ルシエルは鼻で笑うと、アレックスとサーシャを口笛で呼び寄せる。

「殿下。馬繋場で常歩の練習を再開します」

「まったく！　母親が母親なら、息子も息子だっ！」

「当時のスキャンダルは、我々の中では昨日のように新しいことをお忘れなく」

彼らは捨て台詞を残して、馬の腹を蹴った。

「……見苦しいところをお目に掛けた」

理央は首がもげるほど左右に振る。

聞いてはいけないことを聞いたような気がして、いたたまれない。

ルシエルは二頭の馬にハミを嚙ませると、理央にアレックスの手綱を渡した。

「あの反対派のおっさんたちは、一体誰だ？」

「彼らはグラント公のとりまきで一代貴族。口先だけなので大したことはありません」

「王宮の庭に、王族以外が入っていいのか？」

「グラント公は王の従弟《いとこ》で王位継承権を持っています。彼の口利きでしょう」

「グラント公？」

サーシャの手綱を引いていたルシエルは、眉間に皺を寄せて理央を見つめる。

「皇太后の妹の息子にして私の父の弟。そして反対派のリーダーだと昨日言いました。晩餐会《ばんさんかい》でも同席したはずです。もうお忘れか？」

すいません、忘れました。

理央はアレックスの手綱を引いて歩きながら、耳を赤くして項垂《うなだ》れる。

「殿下の前で馬から下りずに挨拶をするなど。不敬罪です」

「でも俺は、よその国から来たオマケだし。ははは」

「そういう態度を続けられると、これから先、あなたはもっと苦労をされる。ああいう輩《やから》には、図々しく尊大な態度で接するよう」

「それは、もっと王子らしくなってからでいい。俺にとって大事なのは、姉さんと母さんの身の安全を守ることだ」

教育係に「何を言うか」と叱咤《しった》されようと、理央の優先順位はなかなか変わらない。

しかしルシエルは小さなため息をついただけで、理央を叱ったりしなかった。

「私の父は、婚約者ではなく旅行者と結婚しました。婚約者が、当時の首相の一人娘だったものでマスコミに大々的に騒がれ、大変な思いをしたそうです。王族はこぞって反対しましたが、そのとき母はすでに私を身ごもっていました。当時は、王族は上流階級と結婚しなければならないという古い風習が根付いていましたからスキャンダルもいいところです。母は苦労に鈍感……いや、前向きな性格が幸いして様々な逆境を乗り切ってしまったので、不満の矛先は私に向けられました」

こういう大事なことを、馬の手綱を引きながら簡単に話しちゃっていいんだろうか。

理央は喉まで出かかった言葉を呑み込み、ルシエルの横顔を盗み見る。

彼はどこか面倒くさそうな顔で、続きを話し始めた。

「陰口や心ないうわさ話をまき散らすしか脳のない連中ですから、逆に彼らの言動を楽しみましたけどね。しかし目障りで仕方がありませんでした。戦闘機を操縦しているとき、彼らの居城に、何度も手元のミサイル発射ボタンを……」

「押したのか？　おい、押したのか？」

「まさか。……それに残念ながら、模擬弾では大した被害を与えることはできません」

ルシエルは唇を綻《ほころ》ばせて微笑むが、目が笑っていない。

「残念ながらって……。ルシエルさんを敵に回したら、物凄く恐ろしいことになりそう……」

「先手必勝が、私のモットーです」

「はあ……。あっ！　戦闘機を操縦ってことは、軍人さん？　空軍のパイロット？」

「『殿下の教育係』に任命されるまでは。現在は『王宮に出向』という扱いになっています」

うわー……空飛ぶ王子様だよー。雲の上の王子様だよー。この人、絶対にモテてるはずっ！

理央はついさっきまでの不愉快な出来事を忘れ、キラキラとした尊敬の眼差しでルシエルを見た。

「どうされた？」

「いや、凄いなと思って」

ルシエルはふと歩みを止め、理央の顔をじっと見つめる。

「ん？　ここからアレックスに乗る？」

「その前に……」

ルシエルは理央の唇に触れるだけのキスをした。

「え？」

理央は最初、自分に何が起きたのか理解できなかった。だが無意識に、自分の唇に指を押し当てたところで我に返る。

「口にキスっ！　おいっ！」

「これも不敬罪にあたるだろうか？」

木漏れ日の中、ルシエルがふわりと微笑む。

理央は今まで、こんな風に穏やかに微笑むルシエルを見たことがなかった。彼が知っている顔といえば無表情か、眉間に皺を寄せたしかめっ面《つら》、とぼけた顔、意地悪な微笑だ。

「は、反則……だっ！　反則だぞっ！　その顔は反則だっ！　ルシエルっ！」

だーもーっ！　「性教育」は知ってるからしなくていいっ！　つか、ホモ決定っ！　ついでに不敬罪で訴えてやるっ！　待て、理由は恥ずかしくて誰にも言えないっ！　父さん、この場合はどうしたらいいですかっ！　俺は家事以外は不器用だから、姉さんの身を守りながら自分の身は守れませんっ！

アレックスは、理央が呻き声を上げて地団駄を踏む様子を首を傾げて見た。

「教育係のくせに、俺に嫌がらせをするなっ！　分かったかっ！　ルシエルっ！」

いつものルシエルなら、呼び捨ては即座に訂正を要求する。

だが今は違った。

真っ赤な顔で怒鳴る理央とは違い、ルシエルはこの場を心から楽しんだ。


「ねえルシエル。一体何があったんだい？　リオちゃん、ヒアリングをしながら物凄く怒ってるんだけど。理由も言ってくれないし」

世話係だからずっと側にいるね、を地で行っているトマスは、理央の向かいに座って例文集を持っているルシエルに尋ねる。

彼の手には、日本製のコンパクトなゲーム機が握られていた。

「唇にキスをしただけだ」

「ふうん、そう………って、ずるいよルシエルっ！　私もリオちゃんにキスがしたいっ！　したいったらしたいっ！」

ふざけんな……っ！

理央は、書き取りに使っていた鉛筆を親指でへし折ると、頬を引きつらせて勢いよく立ち上がる。

「夕食までのノルマは、まだ達成されてません」

「元凶が涼しい顔で言うなっ！　何がノルマだっ！　俺はノーマルだっ！　ストレートだっ！」

真っ赤な顔でムキになる理央の姿は、傍から見ると肯定しているようにしか見えない。

「冗談の通じないアイスマンだと思っていたけど、いやはやルシエルお兄様。あなたも『美しいもの、可愛いものは愛《め》でるに限る』という貴族趣味をしっかりと受け継いでいたのですねぇ」

トマスは「でも、リオちゃんの独り占めはしないでね」と付け足して、ルシエルの背を力任せに叩いた。

「いや、そこまでの独占欲は……」

ルシエルは真面目な顔で言葉を止め、憤怒《ふんぬ》の表情をしている理央を一瞥《いちべつ》する。独占したいのは山々だが、「殿下」という肩書きが忌々しい。一生教育係ができるわけでもなし。

彼は苦笑を浮かべて首を左右に振った。

「変な顔で笑うなっ！　ルシエルっ！」

「地顔です。さて、学習を再開……」

「だめ。もーだめっ！　もう集中できないっ！　日本語の本を読みたいっ！　日本人の話す日本語を聞きたいっ！」

理央は両手でノートを叩きながら、すっかり忘れていたあることを思い出した。

「日本の友達に電話をさせてくれっ！」

今まで連絡もできずにいた友人たちに、自分は元気でやっていると、せめて声だけでも聞かせたい。理央はそう思って、ルシエルに国際電話を要求した。

「公開されても構わない内容であれば許可」

「何それ」

「日本のマスコミは、『現代のシンデレラ』に多大なる興味を持って、殿下の交友関係に取材をしています。あなたが不平不満や弱音を吐いた場合、大々的に報道されるでしょう。それはご勘弁いただきたい」

理央は「悲劇の」「王家の確執」と書かれた週刊誌の表紙を頭に思い描き、頬を引きつらせた。

誰がそんな、母さんと姉さんを困らせるようなことをするかっ！　そして、反対派を喜ばせるようなことはしないっ！

彼はテーブルの上で両手の拳を握りしめ、犬のような唸り声を上げる。

「俺は元気でやってる。みんな優しい人ばかりだ。特に教育係のルシエルさんは、何も知らない俺に気を遣って接してくれてる……と、こう言えばいいんだな？」

トマスは「ぷっ」と吹き出したが、ルシエルは「上出来です」と冷静に頷いた。

「嫌みが通じないとは。さすがはロッテンマイヤー……」

「何か？」

「別に。独り言です。はいはい。それで構いませんので、電話をさせてくれますか？　優しい教育係様」

「このページの書き取りが終了してからならば」

このロッテンマイヤーっ！　俺にキスをしたってことは、俺に好意を持ってんだろうがっ！だったら俺の些細《ささい》なお願いを聞けっ！　ごめん、天国の父さん。俺は今だけ、ホモに目をつぶるっ！

理央は顔に「理不尽だ」と書いて、乱暴に腰を下ろして椅子に八つ当たりをした。

『がんばって英語を覚えろよ？』

『バイトで金を貯めて、オーデンに旅行に行くから！』

庶民が抜けない理央は、国際電話の金額に臆して長話はできなかったが、それでも友人たちの温かい声援に元気づけられた。

ああ頑張るともっ！　オマケ王子という悔しい渾名《あだな》も返上してやるさっ！　そして苦手な英語だって、きっとそのうち話せるようになるっ！

そんな嬉しい気持ちを引きずったまま、彼は翌日、ルシエルを伴って姉の部屋を訪れた。

途中、ふりふりメイド服の使用人と何度かすれ違ったが、彼女たちは必要以上に理央から離れて、申し訳程度の挨拶をして走り去る。

厨房の料理人たちが、気を遣ってそれとなく「オマケの王子様はいい人だぞ」と言ってくれているのは知っていたが、彼女たちにはまだ浸透していないようだ。

「オマケ」はうつったりしないんだから、あんなよそよそしい態度を取らなくてもいいのに。

理央はそんな寂しさを抱えたまま、コンエール公の跡継ぎ・パトリックとダンスの練習をしている姉の姿をぼんやりと見学する。

小鳥の綿毛のようなふわふわとした金髪に青い瞳のパトリックは、宝物を扱うようにそっと真理を抱き寄せて、曲に合わせて優雅に踊った。

少女マンガの世界だ。二十一世紀の世の中に、こんな世界もあるなんて信じられない。姉さんは顔まで赤くしているし……って、ちょっと待てっ！　今まで何人もの「貢《みつ》ぐ君」を平然と泣かせてきた姉さんが、赤くなってるっ！

さすがは血を分けた弟というか、二十年姉の顔色を窺《うかが》い続けてきたからか、理央は姉の小さな変化を見落としたりしなかった。

「素晴らしいステップです。殿下は小鳥のように柔らかく華奢《きゃしゃ》なので、抱き潰してしまわないかと心配でした」

パトリックは曲が終わっても真理を放さず、照れくさそうな笑みを浮かべる。

「私のステップが素晴らしいのは、パトリックのリードが素晴らしいからです」

真理は彼をじっと見つめ、輝くような微笑みを見せた。

二人とも……もしかして……。もしかして……っ！

理央は声をかけるのを忘れ、「二人の世界」にどっぷりと浸かっている姉たちを唖然《あぜん》として見つめる。

「マリ殿下。少々よろしいか？」

そこにルシエルが声をかけ、彼らを現実に引き戻した。

「あ、あらっ！　理央にルシエルさん。会いに来てくれたの？　お母さんはおばあさまと一緒に乗馬に出かけてしまったわ。最近、よく留守にするのよねえ」

「あー……うん。元気ならそれでいいよ。……で、姉さんはどう？　何か変なことはされてない？　靴に画鋲《がびょう》が入ってたとか、ベッドにネズミがいたとか」

「そんなのあるわけないでしょ。あったとしても、私がそんな些細なことで落ち込むような人間だと思う？」

真理はパトリックから名残《なご》り惜しそうに離れ、腰に手を当ててしかめっ面《つら》をする。

「思わない。ただ、聞いてみただけ」

「私なんかより、あなたの方が大変なんじゃない？　『縁起の悪い』ってあだ名を付けられちゃって」

「慣れた」

理央は肩を竦めて笑うと、真理の後ろに控えめに立っているパトリックに視線を移した。

ルシエルとは違ったタイプの美形だな。性格良さそう。姉さんの我が儘も笑って聞いてくれそうな、懐の深さを感じる。いいなあ。俺もこんなおっとりとした教育係だったら、毎日楽しく勉強できるのに。

パトリックは理央の不躾な視線に、首を傾げて「どうしました？」と優しい声で尋ねる。

「いや、凄く優しそうな教育係でうらやま……」

理央は背後から鋭い視線を感じ、最後まで言えなかった。

真理は「あんたって本当にバカ」という顔をして呆れる。

「リオ殿下の物覚えがよろしければ、私とて厳しくはなりません」

ルシエルの冷たい言葉が、リオの心にぐさりと突き刺さった。

「君は誰にでも厳しいじゃないか、ルシエル。ところでダンスのレッスンはどうだい？　お披露目パーティーまで日がない」

パトリックは気遣いの人でもあった。彼は理央を気の毒に思い、話を変える。

「乗馬と平行して、今日の午後から開始する」

「そうか。ではリオ殿下も、マリ様のように日本でダンス教室に通われていたんだね」

へ？　俺……ダンス教室になんて通ってないですっ！

理央は目を丸くしてルシエルを見る。しかしルシエルは、彼を無視したままパトリックに近づき、その耳元に何やら呟いた。

「マリ様。私は少々席を外します」

「分かったわ。私も理央にいろいろと聞きたいことがあるの」

真理はバラのような微笑みを浮かべ、弟を手招きする。

ルシエルは理央に何も言わずにさっさと部屋を出た。

「マリ様には毎日、脅迫状が届いている。王位継承を放棄しなければ、家族の安全は保障できない、とね」

パトリックは廊下の壁にもたれ、腕を組みながら険しい表情を浮かべた。

「こちらはもっぱら、無視と陰口だ。……子供の嫌がらせと変わらないな」

ルシエルは肩を竦め、言葉を続ける。

「奴らの戴冠式延期要請の件はどうなった？」

「大司教の手で握り潰された。皇太后と大司教が旧知の仲でよかった。彼は『教会は中立の立場にありますので、今回限りです』とため息をついたそうだ」

「あのばあさんは、どこまで乗馬に行ったんだか」

「そう言うな。キャスリン様は、マリ様たちに心配をかけないよう、必死に動いているんだぞ？」

「楽しんでいる、の間違いじゃないか？　殿下たちの母上もだ。目立つからと護衛を断ったが、あれは違うな。護衛がいると、自分たちが勝手に動けないから困るといった面持ちだ」

「面倒なことは、女王賛成派に任せておけばいいのにね。こっちだって、血筋がよくなければ王族と呼べないという、悪しき慣習を正そうと必死なのに」

パトリックは苦笑を浮かべた。

「悪しき慣習か。反対派の連中を全員海軍の軍艦に半年ほど乗せれば、性根《しょうね》が直るんじゃないか？」

「勘弁してくれ。それはうちが迷惑だ。空軍でいいじゃないか。空軍で」

「それはうちも迷惑だ」

二人は顔を見合わせて、低い声で苦笑する。

「お披露目のダンスパーティーが済んだら、戴冠式まですぐだぞルシエル。護衛隊の中に反対派の息のかかった連中が混じらないようにしてくれ」

「それはトマスが動いている。あいつは頭を使って手駒を動かすのが仕事だから、上手くやるだろうさ。できなかったら、銃殺だ」

「君が言うと、冗談に聞こえない。……さて、殿下たちがお待ちかねだから、部屋に戻ろう」

パトリックはルシエルの肩をポンと軽く叩き、扉のノブに手をかけた。

「おい……」

「ん？　なんだい？」

さっきのダンスレッスンのことだが、お前はもしかして……。

ルシエルは喉まで出かかった言葉を引っ込め、首を左右に振った。

「いい？　理央。私が女王になって一番最初にする仕事が、あなたへの叙爵《じょしゃく》なの。昨日ビデオで、お父様が叙爵するところを見て学習したのよ。理央は公爵になるのよ？　公爵。ただの公爵じゃないわ、大公よ？　お父様が皇太子の時に持っていた土地が全てあなたのものになるの」

「責任が重そうだな、それ」

「当然でしょ。領民がいるんだから。それに、正式に公爵になったら、外交へも参加するのよ」

「英語でお世辞が言えるように頑張るよ」

「そうしてちょうだい。私だけ頑張ったって、どうにもならないことがいっぱいあんのよ」

真理は理央の肩を容赦のない力で叩きながら苦笑する。

「分かってる。けどな、姉さんの教育係は天使様だけど、こっちは厳しいロッテンマイヤーだから、時々日本に帰りたくなる。ただ、ここで帰ったら悔しいもんな。『オマケ王子が日本に帰った』って笑われるし。姉さんにも迷惑がかかる」

「優しいのね、理央ちゃん。大好きよ」

真理は理央に両手を伸ばすと、彼の体を力任せに抱きしめる。

「理央に合わせて、私も少しスローペースで行こうかしら。友達にもそう言われたし」

「姉さんも日本に電話をしたんだ?」

「そりゃするわよー」

真理が笑いながら理央の背中を軽く叩いた時、パトリックとルシエルが部屋に戻ってきた。

「お話はもういいの?」

彼女は理央から離れ、優雅にパトリックに近づく。

「はい。レッスンはこれくらいにして、昼食にしましょう。午後からは乗馬です」

パトリックは優しげに微笑んで真理を見つめた。真理も彼を見上げたまま目を離さない。

これは、誰が見ても「恋人同士」だ。熱く見つめ合ってるよ。すげー。姉さん、これはもしかして本気の恋か?

理央は感心して、微動だにせず互いを見つめている彼らを観察していたが、ルシエルに腕を引っ張られて、挨拶もせずに部屋を出た。

「なあルシエル。あの二人は恋人同士でいいんだよな?」

理央はルシエルの横顔を見つめたまま尋ねる。だが彼は複雑な表情で何も言わない。

「もしかして内緒？　身分が違うとか？　それとも姉さんには、もうお婿《むこ》さん候補が大勢いるのか？」

「声が大きいです」

「あ、ごめん。あの二人さ、もうラブラブじゃん？　結婚できればいいと思わないか？　俺、あんな優しそうな兄さんなら、何人いてもいい」

「殿下」

ルシエルは歩みを止め、今度はバルコニーに向かって歩き出す。

何か悪いことを言ったんだろうか？　それとも、ルシエルが勝手に機嫌が悪いだけ？

理央は首を傾げながらも、ルシエルに引きずられてバルコニーに出た。

日は高く太陽はさんさんと降り注《そそ》いでいるのに、日本と違って湿気のない、爽やかな風が頬に気持ちいい。

理央は華奢な作りの椅子に腰を下ろし、ルシエルを見上げた。

「あの二人のことは他言無用です」

「やっぱルシエルも気がついたのか。美男美女の、絵になるカップルだよなあ～」

「リオ殿下は暢気《のんき》すぎます。今のままで彼らが結ばれる確率は、私とあなたが恋人同士になるよりも低いのですよ？」

なぜそこに俺たちがっ？

理央は眉を顰めて、心の中でシャウトする。

「彼は私と同い年で、海軍の将校です。私と同じで『教育係』として出向中ですが、部下の信頼も厚く、上司受けもいい。しかし、彼の母は彼を連れてコンエール公と再婚したので、公とは血の繋《つな》がりがありません」

「ええと……公爵たちは父さんの従弟《いとこ》たちなんだから、姉さんとパトリックさんが結婚するなら、血が繋がってない方がいいじゃないか」

「問題は、彼の本当の父の家柄です。大学教授で、貴族ではない」

「なんだよそれ。好き合ってるなら、身分なんて関係ないじゃないか。父さんと母さんだって、身分が違う。しかも事実婚だ」

「ですから、反対派が現れて女王の戴冠は反対と騒いでいるのではありませんか。彼らは身分に異常にこだわっている。だから、庶民の血を継いだ女王を許せないのです」

「おまけに、『縁起の悪いオマケ王子』もいるしな」

「ですが……」

ルシエルは、ため息交じりに呟く理央の前に跪くと、彼の右手を自分の両手で握りしめた。

「私たちの世代で、過去の慣習を止めさせたい。そうしようと努力しています。なので、マリ殿下が戴冠されるまでは、彼らのことは内密に」

もし反対派の連中に知れたら、あれこれ理由をつけて引き裂かれてしまうだろう。

理央は、「恋する乙女」になった姉の姿を初めて見たので、この恋は是非とも成就《じょうじゅ》させたいと思い、深く頷いた。

「……姉さんたちが結婚できるといいな」

「私もそう願ってます」

「ルシエルも？」

「私が願っては変ですか？」

なんか……似合わない。そういう色恋沙汰って、似合わない。

理央は曖昧《あいまい》に笑って、彼から視線を逸らした。

だがルシエルは、かすめ取るように理央にキスをする。

「おい……っ！」

ここは王宮のバルコニーっ！　誰かに見られたら、どう責任を取るっ！　俺にこれ以上、肩身の狭い思いをさせるなっ！　バカっ！　ふわっとして気持ちよかったぞっ！　ちくしょう！

理央はルシエルの白銀の髪を左手で掴み、真っ赤な顔を引きつらせた。

「おや、積極的な」

「キ、キスは……だめ……っ」

大声を出したら侍従が慌ててやってくると思い、理央は辛うじて堪《こら》える。

「私たちの関係は一生秘密。よろしいか?」

「私たちってなんだ。関係ってなんだ。ルシエルが勝手にキスをしてるだけじゃないか。いや、たしかに、俺がキスをされるということは秘密にしないと。ホモにされたら困る」

「マリ殿下とパトリックのように男女の間柄ではありませんから、進む道は険しいと思いますが」

「真面目に語るな」

と、と、父さん。男にキスをされて気持ちいいなんて思う俺はヤバイです。ルシエルも変です。こんなことを言うなら、意地の悪いロッテンマイヤーのままでいいのに。なんで?

理央は動揺を態度で示すように、ルシエルに握られた右手を乱暴に振り解《ほど》いて彼の頭に乗せ、両手で彼の髪を掻き回すという意味不明の行動を取った。

「そこまで動揺しなくとも。さて、私たちも昼食にしましょう。トマスが何を用意してくれているか、楽しみです」

「なんでそう……冷静なんだよ。俺だけ焦って、真っ赤になって、バカみたいじゃないか」

理央はルシエルの髪を掻き回したまま、唇を尖らせる。

「何があっても冷静に対処できるよう訓練されました。ですが、内心はそうでもありません」

ルシエルは苦笑して理央の右手首を摑んで髪から離し、スーツの上から自分の胸に触らせる。

相手は美形だが男で、胸囲はあってもバストはない。だが理央は、彼の大胆な行為に耳まで真っ赤になった。

ぎゃーっ！　何すんだっ！　俺に揉めと？　それは無理っ！

心の中でシャウトしまくっていた理央は、あることに気がついた。

「あ、あれ……？」

スーツの上からなのに、ルシエルの胸に押しつけた掌から鼓動が伝わってくる。

それは理央にはなじみ深い、焦ったり照れたりするときによく似ていて、鼓動が速い。

眉一つ動かさない鉄仮面のくせに、こんなにドキドキしているとは。

なんだ……。俺と同じじゃないか。よかった……ってチガウっ！　よくないっ！

理央はようやく、ルシエルの胸から手を離した。

「お分かりか？」

「わ、分かっちゃだめだろう。俺にキスをして、こんなにドキドキしているということは、つまりだな、その……」

「恋ですね。キスをするのは、あなたを誰にも渡したくないという独占欲のなせるわざです」

「俺に言うな、俺に」

ルシエルは理央を見つめたまま、彼が何か言いたそうに唇を震わせるのを見つめる。

「……俺は王子なんだけど」

「それには私も、困惑しています」

困惑しているのは俺の方です。

理央は険しい顔でルシエルを睨んだ。

「最初は『庶民王子の教育係？　縁起の悪い王子に教育を施《ほどこ》すなどまっぴらだ』と思いましたが、あなたに会って考えを改めました。私に対する過剰な反応が、素晴らしく可愛らしい。それが一度や二度ではない。キスだけで我慢するのに大変な忍耐を要求されました」

「俺に厳しくしていた人間が、どの口で言う」

「心と裏腹の態度を取ってしまったことは謝罪します」

「れ、冷静に厳しいことを言ってたくせに」

「ですから、そう訓練されていますし、教師として生徒に厳しく接するのは当然かと」

「今も、腹が立つほど冷静だよな」

「しかし、あなたを愛《いと》しいと思う気持ちに偽りはありません」

冷静だからと言うが、それだと俺を好きになる経過がまったく見えないってっ！　何もかもいきなりじゃないかっ！　俺を好きなら、好きですと態度で示せっ！　男女の恋愛なら察することはできるだろうが、男同士の恋愛は、言葉や態度で示さなければわからないことが多々あるだろうっ！　外国人なら、何もかもオーバーに表現しろ、このやろうっ！　……って、何考えてんだ？　俺はー。ホモだめ。ホモは。

口に出せない悪態は辛い。本当に態度で示されたら、どう拒絶すればいいか分からないのだ。

理央は視線を泳がせたまま沈黙した。

「どうされた？　殿下」

「ただでさえ、覚えることがたくさんあるのに、これ以上やっかい事を増やすな」

「恋は別腹、と、マリ様が鼻歌を歌っているのを聞いたことがありますが」

「それは特殊な例。俺は違う。非常に平凡な一般市民。容姿端麗で頭脳明晰な人間だけが、あれこれと余計なことを考えればいい。……………腹減った」

ああ、無性にお茶漬けが食べたい。いや、ラーメンライスか焼きそばライスでもいい。麺をおかずに飯を食う。一心不乱に食べることに集中すれば……っ！

理央はのろのろと両手を当てる。

ルシエルは無言で立ち上がると、理央に向かって手を差し伸べた。理央はわざと強く握りしめて彼の反応を見て……再び赤面した。

ルシエルは嬉しそうに目を細め、微笑んだのだ。

「ソイソースは……ああ、やっぱりだめだよ。匂いが移ったりしない？　本当に、みそと醤《しょう》油《ゆ》と梅干しは、東洋の神秘だね」

何十人も一気に食事ができるゴージャスな食堂は使わず、理央の部屋の、一番大きなテーブルに食事の支度をしながら、トマスがうんざりと言った。

理央が王宮に来てから毎度の事ながら、トマスはテーブルセッティングが好きなようで、今日は生成《きなり》に金の刺繍《ししゅう》が入ったテーブルランナーに、若緑色のナプキンをコーディネートしている。中央のガラスのボウルには初夏の果物と花が可愛らしく飾られていた。

「明日の昼は厨房でジャガイモの皮むきをする予定だから、コロッケでも作ろうかと思うんだけど、どう？」

「ジャガイモの皮むき？　王子様がそんなことをしちゃだめっ！」

「………ルシエルはいいって言った」

理央は、自分の向かいに腰を下ろしたルシエルを一瞥して、小さな声で呟く。

「ルーシーエールー……」

「ストレス解消が野菜の皮むきならば、可愛いものだ。殿下。ジャガイモを使うのであれば、コロッケではなくポタージュとポテトフライ、もしくはニョッキがいいのではないかと」

「ニョッキ……。小麦粉を使うなら、いっそ麺を打つ。ラーメンが食べたい」

目の前の皿にはタコとエビのマリネが置かれ、メインディッシュのすずきのポワレが控えているというのに、ラーメン。

トマスは、「どうせならチャイナタウンに行って」と呆れた。

「王宮から出てもいいのか？　オーデン国って、観光名所がたくさんあるんだろう？　だったら、グラウンド・ママ・エキスプレスに乗りたいっ！　シャイニン・ロックスで魚介類を買いたい。そして刺身にして食べるっ！　いや、煮魚もいいな。姉さんは金目鯛《きんめだい》の煮魚が大好きなんだ。そうだな、煮魚用の魚を買って……」

醤油臭そうなメニューを嬉しそうに言う理央に、トマスが「中華じゃなかったの？」とさりげなく突っ込んだ。

「王宮に軟禁状態だから、つい。でも観光がしたいなあ。街のレストランで地元の料理を食べたいなあ。服も、こんな堅苦しいスーツじゃないのがほしいし……」

「午後のダンスレッスンで及第点を取れれば、ご自由に。ただし、私が付き添います」

絶対に反対すると思っていたルシエルが、条件付きではあるがオッケーを出したので、理央とトマスは目を丸くして顔を見合わせた。

「ほ、本当に？」

「あなたに嘘を言ってどうしますか。……トマス、紅茶は？」

ルシエルは澄ました顔でナプキンを広げる。

「私は本来なら、給仕係じゃないんだよ？　まったく君は人使いが荒い！　しかも想像していなかったことを平然と言う。殿下を連れて街に出たら、マスコミの餌食《えじき》になるだろうに」

トマスはお茶を入れながらしかめっ面《つら》をした。

「あ、そうか。……有名人と同じ扱いだもんなぁ。あ、醤油取って」

「殿下。ソイソースを何にかけるんですか？」

「サラダのポーチドエッグに。ほんの少し垂《た》らすのがいいんだ。マヨネーズドレッシングにも合うんだぞ。一度やってみろよ」

「結構です」

「そんなに嫌がらなくてもなあ……」

理央は醤油の入った小さなガラスビンを受け取り、ほんの少しポーチドエッグに垂らす。

「ルシエルは？　平気？」

「……食べられるものであれば、なんでも」

砂糖菓子とバラの花びらしか食べてないような少女漫画的外見で、そういうことを言うな。勿体ない。

理央は僅かに眉を顰め、優雅にお茶を飲むルシエルを一瞥した。

『父のところへ行ってきますので、少々席を外します』

食事が終わるか終わらないかで外部からのメッセージを受け取ったトマスは、そう言って名《な》残惜《ごり》しそうに王宮から出て行った。

『ルシエルのレッスンはハードだけど、頑張ってね……』

理央はジャケットを脱ぎ、ワイシャツにスラックスという格好で、トマスの忌々しい言葉を思い出す。

この人の教え方は「拷問式」だってのは分かってるんだから、わざわざ傷口に塩を塗るようなことを言うなっての！　しかも、「愛しい」なんていわれる、精神的苦痛も味わいました。

ゴージャスな内装で整えられた部屋によく似合う、細かな細工が施された卓上プレーヤーとレコードを尻目に、理央はしょっぱい表情を浮かべて首を左右に振った。

「私がして見せたステップを思い出してください。それが基礎です」

合気道の型なら、一度教えられたら覚えるんですけど。

理央は渋い表情を浮かべ、ルシエルのステップを思い出す。

「まさか、もうお忘れか？」

「いや……まだ忘れてない」

「good. では、shall we dance?」

レコードに針が落とされ、理央でさえどこかで聞いたことのあるワルツが流れ出した。

あー、それを言いますか。言っちゃいますか。絶対に映画みたいに上手くいかないから。

理央はそっぽを向いてため息をつくと、ルシエルの差し出された手を掴んだ。

しかし、胸に抱き寄せられ、腰に手を回されたところで固まる。それどころか、固まったついでに彼の足を思い切り踏んだ。

「………殿下」

「俺は悪くないっ！　絶対に悪くないぞっ！　いきなり密着するルシエルが悪いっ！」

「密着せずに、どうやって踊りますか」

「だってこんな……こんな近くに……」

いろんな意味で、何でもできる距離だぞ？　おい。あんたは俺にキスをして「愛しい」とかバカなことを言ったっ！　そして今はこの距離っ！　意識して警戒するのは当然だっ！

理央はルシエルの肩に顔を埋めたまま、低い声で唸る。

だがルシエルは小さく笑い、彼の髪にキスをした。

「私を意識してくださるとは光栄です。思う存分とまどってください」

このロッテンマイヤーっ！　俺で遊ぶなっ！

そう怒鳴ったらどんなに楽だろう。だが理央の口の中は緊張で乾き、上手《うま》く声が出せない。

「私の腰に右手を添えて。左手は……こうです」

理央は真っ赤な顔のまま、ルシエルのリードでたどたどしくステップを踏む。

彼は間近にルシエルの顔があって緊張していたが、すぐにこの体勢を維持しなければならない理由を理解した。

腰が密着していると、相手のステップがすぐ分かり、どちらの足をどう出せばいいのか分かりやすい。

それに理央は武道をたしなんでいたので、相手の動きに合わせるのは造作もなかった。

「姿勢も正しい、ステップもまずまず。初体験の割には上々」

「き、基本だけなら……どうにか」

「ですが、まだ少し目線が下がります。目線は、もう少し上。そして笑顔を忘れずに」

だったらまず、あんたが俺に微笑んで見せろ。なんだ、その仏頂面《ぶっちょうづら》は。

などと言ったら、わざと足を踏まれそうだったので、理央は我慢して目線を上げた。そして、

「もう勝手にしろ」と気の抜けた笑顔を見せる。

「殿下」

「なんだよ」

「その、間抜けな笑顔はいかがなものか」

「ルシエルが笑えって言ったんじゃないか……あ、ごめん」

無言でステップを踏むのはいいが、口を開くと集中力が途切れるのか、理央は再びルシエルの足を踏んだ。

「構いません。ですが、本番でご婦人の足を踏んだら大変なことになります」

あー、そうですね。ごもっとも。『縁起の悪い』だから、足を踏まれたわ」とヒソヒソ言わ

れるのは勘弁してほしい。

「何事も自然にスマートに。『あなたとダンスを踊ることができてとても嬉しく思います』という気持ちでいれば、自然と微笑むことができると思います」

「じゃあ……今は無理だ」

「そんなに私を意識してくださるとは」

ルシエルは楽しそうな声を出し、ステップにバリエーションをつけた。

「あっ！　それはまだ習ってないって！」

「あなたは体で覚える方がお好きなようなので」

「ちょ、ちょ……っ！　足踏むっ！　……って、必要以上に密着するな……っ！」

自分の足の間にルシエルの足が深く入ってしまい、理央はバランスを崩して彼にしがみつく。しがみつくのは恥ずかしいが、理央はそれよりもっと恥ずかしい状態になってしまった。ルシエルの足に擦られた股間が、甘い刺激を受け取ってしまったのだ。

ヤバイ。

今ルシエルから離れたら、下肢《かし》の変化を見られてしまう。かといって、このまま密着していてもバレる。

「なんで俺……男を相手に……」

「殿下……？」

「なんでもない。独り言だ、独り言。……ちょっとだけ、休憩」

そのまま急いで寝室に走ってドアに鍵をかけ、ほとぼりが冷めるのを待ちたい。

理央はそう思ったのだが、ルシエルは許さなかった。

「まだ始めたばかりで休憩とは、軟弱な」

「軟弱でも……いい。離してくれ」

「不許可」

どこか楽しげな声に、理央は頬を引きつらせてルシエルを見上げる。

「ほんの少しの刺激で感じてしまうとは。ダンスをする相手を選ばなければなりませんね」

ルシエルは理央の体の変化に気づいていた。それが無性に恥ずかしくて、理央は耳まで赤くなる。

「これは不可抗力……っ！」

「それならば、私がこういうことをしても感じないわけですか」

ルシエルの右手が理央の腰を滑り、スラックス越しに彼の股間を逆撫でた。

「ん……っ」

バカ、俺のバカっ！　なんて声を出すんだっ！　そんなにたまってたのかよ……って、ここに来てからまだ一度も自己処理してなかった……っ！

理央はルシエルにすがりついたまま、低く掠《かす》れた声を上げてしまう。

「スラックスの上だというのに、あなたの体の変化は隠しようもありません」

「だ、だったら……トイレに……」

「生徒をフォローするのが教師の役目。私が楽にして差し上げる」

ちょっと待て。

理央がそう怒鳴ろうとしたとき、彼はルシエルにキスをされた。今までの羽毛のようなキスではなく、深く舌を絡めた激しいキス。

「ん、ん……っ」

触れるだけならまだしも、男同士でこんな激しいキスは萎《な》える。

そのはずなのに、理央の下肢は信じられないほど猛《たけ》った。

息をつくのも惜しいほど舌を絡め取られ、スラックスの上から下肢を撫でられるたびに腰が揺れる。

もっと強い刺激がほしい。

理央は無意識のうちにルシエルの背に手を回し、自分の下肢を彼の下肢に押しつける。

「これは、合意を得たと理解してよろしいか？」

ようやく唇を離したルシエルは、理央の耳に囁いた。

「違う。これは……体が勝手に……動いただけだ……っ」

「では私の体も、勝手に動くことにしましょう」

ルシエルはすっかり力の抜けた理央を肩に担ぐと、寝室のドアに向かう。

「俺は……男だぞ……っ」

「存じております」

だったら、これ以上危ないことはするなよっ！　こっちは拒み切れてないんだから、あんたが自重《じちょう》しろっ！　王子様がホモになっていいのかっ！

理央は荷物のように肩に担がれ、悔しそうに低い声を上げた。


「教育係のくせに……っ！」

ベッドに放り投げられた理央は、ジャケットを脱ぐルシエルを睨んで悪態をつく。

「ええ。私はあなたの教育係です」

「王子を襲っていいのか？　おいっ！　不敬罪だぞっ！」

「誰かに訴え出ますか？」

ルシエルは小さく笑って、ベッドの端に腰を下ろした。

「誰にも言えないから、今ここで言ってんだろうがっ！」

「では、極秘ということで」

彼は素早く理央を押し倒し、微笑みながら呟く。

ちょっと待てーっ！　わーっ！　天国の父さん、あなたの息子は人生最大のピンチに立たされていますっ！

理央の叫びは、ルシエルの唇の中に消えた。

せめて声だけは出すまいと、そう決めたはずなのに俺ってやつは……っ！

理央は上擦った声を上げ、ルシエルにしがみつきながら心の中でシャウトする。

ボタンを全て外されたワイシャツは左右にはだけ、下着とスラックスはベッドから落ちて久しい。

彼は股間をさらけ出し、弄《もてあそ》ばれるような愛撫を受けていた。

「ん…っ……ぁ……っ……もぅ……」

自分の雄に触れているのは男の指なのに、先走りはとろとろと溢れ、髪と同じ色の体毛を濡らしていく。

「ご自分で処理をしていなかったのですか？」

「ばか……っ……言うな……っ」

「私にこうしてもらうのを待っていた？」

「違う……っ」

理央は悔し涙を浮かべて首を左右に振るが、ルシエルの指が敏感な先端をゆるゆると撫で回したので、びくんと腰を浮かせた。

「あなたの体は物覚えが早い。私の指が触れるたびに喜びます」

ルシエルは理央の首筋に唇を寄せ、キスマークができない程度に強く吸う。その頭が徐々に下がり、すっかり勃ち上がった胸の突起に触れた。

「ひゃ……っ」

女の子じゃないんだからっ！　そこに触るなっ！　嘗《な》めるなっ！　噛むなっ！

熱い吐息しか出せない理央は、その分心の中で叫びまくる。

だがルシエルに聞こえるはずもなく、彼に突起を嘗められるたびに背を仰《の》け反《ぞ》らせた。

「こんな綺麗な色をしているのに敏感とは。責め甲斐があります」

「やだ……っ……あ、あぁ……っ」

片方の突起を嘗められ、もう片方の突起を指の腹で転がされるだけでも、恥ずかしいほど感じてしまうのに、雄まで扱《しご》かれてはたまらない。

同時に三点を焦らすように弄ばれた理央は、声を抑えることを忘れ、ルシエルの名を呼びながら許しを請《こ》う。

「もっ、だめ……っ！　だめだって……っ！　ルシエル…っ！　頼むから……っ」

もうイカせてくれ。

そこまで言えない理央は、涙に潤んだ瞳でルシエルを見上げる。

だがルシエルは、まだ理央を解放する気はなかった。

彼は逆に理央から体を離し、初めての快感に染まって疼《うず》いている体をうっとりと見下ろす。

「なんで……止めるんだよ……っ！」

「快感をもっと引き延ばして差し上げようかと」

「も……いい。……これで……いい……っ」

「それですと、私が満足しません」

「そんな……っ！」

理央は目尻に涙を浮かべ、情けない表情を見せる。

「泣き顔も可愛いですね。むしろ、笑顔よりもいい。こう、下半身にずしりときます。もっと違う顔も見せていただけますか？　可愛い殿下」

ルシエルは理央の体を俯《うつぶ》せにすると、崩れ落ちそうな腰を持ち上げて高い位置に固定させる。

誘うように腰を高く突き出した格好をさせられた理央は、恥ずかしさのあまりシーツに顔を伏せた。

武道を学んだ自分が心の底から嫌がって抵抗すれば、ルシエルとて無傷では済まないし、逃げることもできただろう。

だが理央は、それができなかった。

穴があったら入りたいほどの羞恥心《しゅうちしん》を感じても、彼のキスや指の動きを、一度でも気持ちが悪いと思えなかったのだ。

何かに期待している自分がいることをバカバカしく思いながらも、理央は理性よりも本能に忠実になり、ルシエルの愛撫に流された。

「ん、ん……っ！」

背中を優しく撫でられ、舌で背骨を辿られる。尾てい骨にキスをされながら、閉じた足の間から潜り込んだ指に、興奮して張りつめた袋をくすぐられる。

「や……っ……そんなとこ……っ！　ばか……やめろ……っ！」

尾てい骨を嘗めていた舌が後孔に移った途端、理央はシーツを掴んで悲鳴を上げた。

ルシエルは止めるどころか、理央の袋を弄んでいた指を今度は雄に絡ませ、そこを激しく扱きながら後孔を嘗める。

「あ、あ……っ！　やだ……っ……そんなところ……感じないっ！　やだ……っ！」

後孔からは獣が水を飲むような湿った音が響き、雄からは粘り気のあるいやらしい音が響く。

胸の突起を責められるよりも羞恥心を煽る愛撫は、どんなに理央が「嫌だ」と言っても止まらない。

それどころか、舌の代わりに指を挿入されたとき、理央はくぐもった声を上げながら達してしまった。

ルシエルは掌で理央の精を受け止め、彼に見せつける。

「こんなにたくさん溜めておかずとも……」

「バカ……っ」

理央は快感と羞恥心、そして果てしない自己嫌悪の念にとらわれ、泣きじゃくりながら悪態をついた。

「そんな顔をしない。もっと感じさせてあげます」

「も……いい。十分……恥ずかしい……思いをした……っ」

「ではなぜあなたのここは、こんなにも硬くなっているんですか？」

ルシエルは掌の精液を理央の雄に塗りつけながら、ゆっくりと扱き出す。一度達したばかりの理央の雄はすぐさま腹に着くほど硬くなり、ルシエルの指を味わっている。

「あ……」

「こっちも、もう三本も入ってます」

筋張った長い指を三本も受け入れたというのに、後孔はもっとねだるように締め付けた。

「やだ……あ、あ、あ……っ！　そこ、だめ……っ！」

理央は後孔を指で貫かれたまま、ぎこちなく腰を振る。

「ルシエル……っ！　も、許してくれ……。頭が……おかしくなる……っ！」

肉壁のある一点を指で突かれるたび、理央の頭は快感で真っ白になった。

男の体の中にここまで快感を感じる場所があるとは知らなかった理央は、一層腰を突き出して体を震わせ、涙を流しながらルシエルの名を呼ぶ。

「私にも、殿下の快感を分けてください」

ルシエルは理央の尻にキスを落として指を引き抜くと、そこに自分の雄をあてがった。

「な……なに……？」

突然両手で腰を掴まれた理央は、後孔に圧迫感を感じて振り返る。

羞恥心と快感に潤んだ瞳で見つめられ、ルシエルはごくりと喉を鳴らした。

「目を閉じて体を楽に。そう……力を抜いて」

「やだ……」

「殿下の体は、私をほしがっています」

「だめ……それだけは……ルシエル……」

これを許したら、俺はもう「ホモじゃない」って言えないんだってばっ！　男っていうのは、気持ちのいいことが大好きなんだぞっ！　今なら、まだどうにかなるっ！　そ、そ、相互なんとかってヤツで終わらせられるっ！　本当に……だめだって……っ！

理央は這ってルシエルから逃げようとしたが、彼は難なく引き戻す。そして、ゆっくりと理央の体を貫いた。

「くっ……ばか……っ……きつい……っ！　抜け……っ！」

「力を抜きなさい」

「そしたら……もっと奥に入ってくる……」

「入るだけではなく、動きます」

「もっとやだ……っ」

ルシエルは小さなため息をつくと、右手を前に回し、萎えてしまった理央の雄を優しく愛撫する。

「や……だ……っ」

だが声とは裏腹に、先端やくびれをくすぐるように愛撫された雄は、徐々に力を取り戻した。

「それ以上は……本当に……だめ……っ」

ダメなのに。本当にダメなのに……。なんで俺、こんなに感じてんだ？　ルシエルの指がほんの少し触れるたびに……また……イキたくなる……っ！

理央は甘い吐息を漏らして体の力を抜く。

するとルシエルは、一気に彼を貫いた。

「あぁ……っ！」

「全て入りました。私を感じますか？　殿下」

「か、感じる……熱くて……苦しい……」

「すぐに気持ちよくして差し上げます」

ルシエルは理央のうなじにキスをして、ゆっくりと動き出す。

今の理央は苦痛さえ感じてしまうのか、彼の動きに合わせて甘い声を上げた。

「あ……、ん？　あっ！　そこだめっ！　ルシエル、だめだ……っ！」

「ここが殿下の感じる場所ですか」

「くぅ……っ！　だめ……だめだ……っ！　もう止めてくれっ！　ルシエル、やめ……っ」

理央の声が大きくなると同時に、ルシエルの動きも激しくなる。

「あ、あ、あ、あ……っ！　許して……許してくれ……っ！　初めてなんだっ！　こんなの、初めてなんだっ！」

もっとも敏感で快感の泉となる二カ所を、同時に激しく責められた理央は、恥も外聞もなく泣き叫び、ルシエルに合わせて腰を振った。

「では、ここで許しましょう」

ルシエルは額に汗を滲《にじ》ませ、目を細めて嬉しそうに微笑む。

「も、イ…イク……っ！　俺……イク……っ！　ルシエル…ルシエル……っ！」

理央は激しく突き上げられ、泣きじゃくりながら射精した。一呼吸置いて、ルシエルも理央の肉壁に欲望を放つ。

ルシエルがゆっくりと体を離すと、理央はそのまま崩れ落ち、シーツに突っ伏したまま大きな声で泣き出した。

頭がおかしくなるような快感に、気持ちがついていけない。

「俺……っ……俺……っ」

「リオ……」

ルシエルは理央の体を抱き起こし、涙が溢れ出る目尻にキスをする。

「こ……怖かった……っ……俺……おかしくなった…っ」

しゃくり上げながらどうにか声を発する理央の唇を、ルシエルは甘いキスで優しく塞《ふさ》いだ。

理央の気持ちを落ち着かせるように、触れるだけのふわりとしたキスを何度も繰り返す。

「殿下」

「俺は……ルシエルを好きだとも……嫌いだとも……言ってない……っ」

「ええ」

「もう……『ホモじゃない』なんて言えないじゃないか…」

その言葉を聞いたルシエルは、理央に気づかれないよう苦笑した。

「こういうことは、俺の返事を聞いてから……っ」

「私は殿下を愛しく思っていますが、殿下は私をどう思っていますか?」

「…………分からない」

「ん？」

「分からない。ルシエルは……俺に無理難題ばかり……言う」

やっぱりルシエルのやることは分からないっ！　好きな相手を泣かして、何が楽しいんだよっ！　もっと俺の気持ちも考えろ、このロッテンマイヤーっ！

理由を付けられない涙が、あとからあとから溢れてくる。

今の理央には、「母や姉を守ってやらなければ」と意気込んでいた姿はどこにもない。

「殿下。そんなに泣かないでください」

誰が泣かせてるんだ馬鹿野郎。俺だって恥ずかしい。こんな風に泣いたことなど、今まで一度だってなかったっ！

理央は起きあがって悪態をつこうとしたが、ルシエルの不安げな顔と鉢合わせをして唇を噛み締めた。

「その顔は……反則…だ」

今頃そんな顔を見せても、もう遅いってのっ！　自分が被害者みたいな顔しやがってっ！

理央は盛大に鼻をすすってルシエルを睨んだ。

「申し訳ありません」

ルシエルは理央に腕を伸ばし、彼の体を抱きしめる。

「謝っても、許さない」

「では、どうすれば機嫌を直していただけますか」

理央は「バカ、そっちが考えろ」と呟き、大人しく彼の胸の中に収まった。

夕方、トマスが疲れた顔で戻ってきた。

「国民リサーチを集計してきたよ。それと新情報をいくつも仕入れてきた……んだけど」

「どうした、トマス」

「どうしたもこうしたも……それ、ダンスのレッスン？」

「それ以外の何がある？」

ルシエルは理央を胸に抱いたまま、僅かに眉を顰めて言い返す。

「何か……変？　俺……ルシエルに騙されてる？」

理央は不安げな表情でトマスとルシエルを交互に見た。

「だって……殿下のステップは、女性のステップだよ？」

なんですと……？

理央は眉間に思い切り皺を作り、険しい表情でルシエルを見上げた。ルシエルはバツの悪そうな顔をしてそっぽを向く。

「ルーシーエールー……っ！　教育係のくせに、何をやってんだっ！　俺は誰と踊るんだ？女性たちにリードをされろと？　それとも、威張りくさった殿方にリードされろと？」

「私としたことが……」

彼は、二十八年間の人生で最大のミスを犯したような愕然《がくぜん》とした表情を見せた。

「へ？　ルシエルのミス？　『リオちゃまって怒った顔も可愛いから、ちょっぴり意地悪しちゃえ』ではなく、普通のミス？　本当に？」

リオちゃまって、一体誰っ！

理央は力一杯心の中で叫び、頬を引きつらせてルシエルを突き飛ばしたが、上手く立てずに尻餅をついた。

「ぐあ……っ！」

「今の声、カモが絞められるときの声に凄くよく似ていたよ、殿下。私は狩りが好きでね、愛犬のフレンダーとよく一緒に……」

「そんなことは聞いてないですっ！　ルシエルっ！　手ぇ貸せっ！」

理央はトマスに鋭い一言を投げつけると、子供が抱っこをねだるようにルシエルに両手を伸ばす。

「まったく。殿下は子供か？」

「うるさい。俺の言うことを聞く約束だっ！」

「承知しております」

ルシエルは、しゃがみこんで理央を「お姫様抱っこ」すると、ソファーの上に静かにおろした。

「やることがいちいち大げさなんだよ」

トマスは、目の前で起きている現実が信じられない。

その怪しげな約束って何？　ルシエルに抱き上げられて怒らない殿下って何？　それに、やけに雰囲気がまろやかなんですけど……？

自分が留守にしている間に一体何があったのかと首を傾げつつも、トマスは理央の向かいの椅子に腰を下ろした。

ルシエルは音楽を止め、当然のように理央の隣に腰を下ろす。

「キャスリン様とヨーコ様、そしてマリ様には既に報告済みだが、素晴らしいよ諸君」

「何がどう素晴らしいのか、迅速《じんそく》に報告しろ」

「はいはい。国民に、リオ殿下についてどう思いますか？　という曖昧な質問をしたんですけどね……」

「誰だ？　そのくだらない質問を考えたのは」

「私」

トマスは自分を指さし、「君が考えるよりはいい」と憎まれ口を叩いた。

「俺は席を外してた方がいいよな？　縁起が悪いとか、さっさと日本に帰れとか、そんな答えばっかりだと、頭に血が上って大変なことになる」

理央はため息交じりに言うと、のろのろ立ち上がる。

だがルシエルは彼の腰を両手で掴み、自分の膝の上に乗せた。

トマスの目は文字通り「点」になる。それだけでなく口まで大きく開け、魂まで抜け出てしまいそうだ。

「世評は一生ついて回るもの。慣れるようお願いする」

「こ……この……っ！」

座り心地の悪い「椅子」は、理央の下半身に衝撃を与える。彼は涙目で痛みを堪えると、腰を摑んでいるルシエルの掌を拳で殴った。

「殿下ともあろう方が、手を上げるとは何事か」

座ってるより立ってる方が楽なんだぞっ！　それを、それをだっ！　いきなり膝の上に座らされてみろっ！　直下型の衝撃だっ！　気が遠くなったっ！

怒鳴りたいが、腹に力が入っても痛い。

心の中でしか叫ぶことができない理央は、悔し紛れに両手を振り回した。

「ほら。大人しくなさい」

ルシエルは後ろからぎゅっと理央を抱きしめ、彼のうなじに優しいキスを繰り返す。

最初は唸り声を上げて首を左右に振っていた理央は、何度もキスをされるうちに真っ赤になって大人しく俯いた。

「まるでヘレンケラーとサリバン先生……ではなくっ！　ルシエルっ！　ただでさえ、マリ様とパットの件で頭が痛いのに、君は何をするかねっ！　オマケと言われていても、相手は亡き王の血を継いだ、殿下だっ！　そ、それを……ハレンチな……っ！」

「ハレンチだと？　漢字で書けるようになってから言え」

「書けますよっ！　書けますともっ！　破～廉～恥～」

トマスはジャケットのポケットからペンを取り出し、大事な書類の裏にデカデカと「破廉恥」を書く。

「おお、複雑な漢字を美しく書いたな」

「どうもありがとう……っ！　君こそ、インコウという字を書けるんですかっ！」

「ペンを貸せ。………淫、行……っと」

「言われて素直に書くんじゃないっ！」

トマスは両手でテーブルを叩き、そのまま突っ伏して動かなくなった。

「ト……トマス……さん？」

「殿下は黙っておいでなさい」

「ずいぶんと……偉そうじゃないか。元はと言えば、ルシエルが……」

「愛故《あいゆえ》の行為だと、ご理解いただきたい」

「理解できたら、世界は大変なことになるだろうが。ずっと頭がいいと思っていたけど、実はルシエル、バカだろう？」

優しく抱きしめた相手にそんなむごい言葉を言われるとは思ってなかった。

ルシエルは思い切り顔をしかめ、体を強ばらせる。

「いいのは顔だけかよ。空飛ぶ王子様は、頭の中までお空の上だ」

我ながら面白いことを言ったと、理央は唇を綻ばせた。テーブルに突っ伏していたトマスも、今の言葉には受けたらしい。ふるふると体を震わせて笑っている。

「いくら殿下といえども、言葉が過ぎます」

「間違えたステップを教えるような教育係に言われたくないっ！　どうすんだよっ！　せっかく覚えたのにっ！　ステップに費《つい》やした俺の時間を返せっ！」

「では、寝る間も惜しんでお側にお仕えしましょう」

「それはだめっ！」

トマスはシャウトしながら勢いよく立ち上がり、ルシエルの膝の上から理央を奪い取った。

「また悪い癖が出たな、ルシエル。今度はもう見て見ぬ振りはできないぞっ！　なんてったって、相手は『意外と国民に慕われてる』殿下だっ！　王室執務補佐として、三日間の自宅謹慎を命じますっ！　反省しなさいっ！」

意外と慕われてるって……ちょっと、その言い方は……。

理央はトマスに担がれたまま、眉間に皺を寄せる。

ルシエルは早口の英語で何かを言い返したが、素直に席を立った。

「それでは殿下。ダンスパーティーでお会いしましょう」

彼は理央の唇にチュッと軽く音を立ててキスをし、部屋を出て行く。

「これからは私が、臨時の教師です。よろしくお願いしますね、リオ殿下」

「勝手に決めるなよっ！　ようやくルシエルに馴れたのに！」

「馴れ過ぎてはいけません」

トマスは理央を元の場所に座らせ、渋い顔で腰に手を置いた。

「俺は結構重いのに、よく肩に担げるよ。というか、オマケ王子だから荷物扱いか？　うわー、自分で言ってて悲しい」

「ルシエルやパットほどではありませんが、私もそれなりに鍛《きた》えております。執務は心身共にタフでなければ務まりません。あなた方の関係には……さすがに動揺しましたが」

「あーっ！　あーっ！　あーっ！　俺は何も聞こえないーっ！」

秘密がバレるなんて最悪だっ！　しかも、「あなたの気が済むなら何でもします」と約束したルシエルに、「俺の言うことを聞け」と王子らしい命令をしたばっかりなのにっ！　俺の側にいないなんてっ！

果たしてそれが「王子らしい」のかは別にして、理央は心の中で駄々を捏《こ》ねる。

「絶対にバレてはいけません。バレたら最後、王族と国民から糾弾《きゅうだん》されて、一生表舞台に出ることのない別荘暮らしになります」

「そ…それは……体《てい》のいい軟禁？　それだと姉さんを守ることができなくなる」

「ルシエルを放って置いた私にも多少は責任が……。彼は、自分が欲しいと思うものはどんな手を使っても手に入れるという、歪んだ性格をしているんです。なので軍でも、あの若さで少佐の地位にいます。女性関係も、本当に派手だったんですよ！　あんなクールな顔をして、一体どんな風にアプローチをしていたのか想像できませんが」

「できるよ、想像……。というか、いい感じにスレてんなー、ルシエル。王族で金持ちだろうに、欲を出しすぎ。

　理央はソファーに沈み込み、苦笑を浮かべるトマスを見た。

「それでも、嫌いになれないというのが困ったものです」

「血が繋がってるから？」

「『同志』ですから。……しかし、殿下の事となると話は別です。殿下には、いずれ良家の子女を妻に迎え、『庶民出身の王族』として広告塔になっていただかないと」

「ん……？」

「いいえ。少ししゃべりすぎましたね。さて、夕食の時間まで英語の勉強をしましょうか？」

「勉強は食事のあとにするから、今はちょっと休ませてくれ」

「では、私が集計したアンケートを聞いていてください」

トマスは、「破廉恥」「淫行」と書かれた用紙を隠すように表向きにし、国民の率直な声を理央に聞かせた。

ルシエルは「授業中」は死ぬほど厳しかったが、宿題など一つも出さなかった。

『明日の朝食は、このレポートの内容を話題にしますので、覚えておいてくださいね』

夕食を終えたあと、トマスは理央に分厚いファイルを渡して、今までルシエルが使っていた隣の部屋に移動した。

「日本語で書いてあるのは嬉しいけど……固有名詞は英語じゃないか。ええと……はあ？　十九世紀の、オーデンにおける経済発展とヒエラルキー？　飯がまずくなりそう……」

理央はファイルをソファーに放り投げると、片手で腰を叩きながら窓を開ける。

王宮の中は適温に保たれているが、外は夜風が冷たい。

「これが日本だと、じめっとした湿気がまとわりついてくるんだけどな」

目の前には、裏庭の森。王宮の正面と違ってライトアップはされていないが、月明かりに照らされた森の葉は黒く茂り、幻想的な雰囲気になっていた。

殿下だけでなく、ホモにもなっちゃうとは。俺の運命っていったい何だよ。考えれば考えるほど落ち込む。ルシエルがいれば、怒鳴って喚いて八つ当たりができたのに。あのバカ。俺が叙爵式を終えたら、下僕として一生こき使ってやる。

理央はやわらかな絨毯《じゅうたん》の上に腰を下ろし、長く深いため息をついた。

「愛しい」だなんて、日本人だってそんな言葉は滅多に言わない。うん多分そう。でも、俺は本当に「愛しく」思われてるんだろうか。トマスさんの言うように、欲しいものを手に入れるための手段だったんだろうか？　だとしたら、言うことを聞くと約束したのも、手段の一つ？　あんな気持ちいいことが、手段かよ……。それは酷《むご》い。

考えれば考えるほど、頭の中が混乱していく。

「ここに来て、まだ十日ぐらいしか経ってないのに。どうやったら男が男を好きになるんだよ。女の子相手なら一目惚れってこともあるけどさー」

声に出して自分の声を聞けば、もしかしたら何かが分かるかもと思ったが、何も変わらない。

トマスが言うには、ルシエルは「そっち方面」は結構お盛んだったようだ。そりゃそうだと、理央は思う。外見だけなら申し分ない。というか、「理想の王子様」だ。黙って立っているだけで女性たちだけでなく、男性たちも寄ってくるのが容易に想像できる。

そういう状況が長く続くと恋愛に関して鈍感になり、相手の気持ちを考えることを忘れてしまうのだろうか。

だとしたら、今までのルシエルの行動も納得できる。

また、理央の身近《しんぺん》にもそういう人間がいるのでよく分かった。

「綺麗で、格好良くて、地位と名誉と財産がある。なのに、庶民王子の俺を『愛しい』だって。『あなたの言うことは何でも聞きます』だって」

言ったはいいが、理央は顔を真っ赤にした。

そんな、姉さんが読んでる恋愛小説のあらすじみたいなことが、実際に起こってたまるか。

真っ赤になった頬を両手で包み、切ないため息を漏らす。

そのとき、真理が物凄い勢いで部屋にやってきた。

「理央っ！　やだもう！　部屋が暗ーいっ！　理央、理央、理央、理央ちゃんっ！」

「こっちっ！　俺は人猫じゃないんだから、そういう呼び方をすんなっ！」

「……何を窓辺で黄昏《たそが》れてるの？　あー……そう言えばあんた、意外とロマンティストだったわね。映画を観ては、よく泣いてたっけ」

それはロマンティストではなく、単に涙もろいだけっ！

理央はいつもの癖で心の中で突っ込みを入れ、「こっちこっち」と姉を手招きした。

「遅い時間に歩き回って、反対派の誰かに攫《さら》われたらどうするんだよ。『縁起の悪いオマケ王子がいるから、真理様が攫われた』って言われる」

「ははは、ごめんごめん」

真理は大きな口を開けて笑うと、理央の隣に腰を下ろす。そして、大きなため息をついて沈黙した。

「……姉さん？」

「どうしよう理央。私……恋する乙女になってしまった。自分が美少女だと気がついた七歳の時から今の今まで、近づいてくる連中を掌で転がし続けていた私が、真実の恋に目覚めてしまったの……っ！」

あー……どこから突っ込んだらいいのかな？　姉さん。というか弟に自分の恋を告白するか？　普通。

理央は驚くやら呆れるやら、神妙な顔で姉を見る。

「姿が見えるだけで胸がどきどきする。声を聞くだけで顔が赤くなる。見つめられただけで泣きそうになる。自分がこんな…みっともない状態になるとは思ってなかった。でも、パットの一挙一動に振り回される自分がとても可愛いの。どうしよう、もう明日からパットと顔を合わせることができない。あの優しげな瞳で見つめられたら、我慢できなくて泣いちゃう」

「姉さん」

「何よ。低い声を出して」

「一つ言いたいことがある」

「あんたが私に意見するなんて、百万年は早いわ」

姉は「恋する乙女」からいつもの表情に戻り、冷ややかな視線を理央に向けた。

「まあ、聞けって。今日、姉さんのところに行っただろ？」

「ダンスレッスンの時？」

「そう。レッスン中レッスン後の姉さんとパトリックさんは、恋人同士にしか見えなかった。俺だけじゃなく、ルシエルもそう思ったそうだ」

神妙な顔で呟く理央の前で、真理は「へ？」と気の抜けた声を出す。

「男の立場から言わせてもらうと、パトリックさんは姉さんが好きっ！」

「うそっ！」

「あー、やだやだ。今まで散々男を泣かしてきた報いだよ。恋愛に鈍感になってる。だから自分が本気になったとき、どう対処すればいいのか分からないんだ。これだから、もてる女は」

理央は真理に言っているはずなのに、ルシエルに言っているような錯覚を起こした。

そして気づく。

ルシエルは、本気で俺が好きなんだ。何を考えてるかよく分からないけど、あいつが俺を本気で好きだということは、事実。トマスさん、あんたが間違ってるっ！　俺もついさっきまで間違えてたっ！　ルシエルの本気に対して、俺はどう動く？　どんな答えを用意する？

理央は、嬉しいような困ったような、複雑な表情を浮かべた。

「理央、あんたの顔……変」

「悪かったな。それでも姉さんの弟だ」

「そうじゃなくっ！　恋人ができてすぐの、だらしない顔になってる。もしかしてあんたも、好きな人ができたの？　ちょっとだれよ。私にばっかり言わせないで、自分も言いなさい」

「恋愛とは男女で行ってなんぼ」という考えの姉に、自分に起きた「事件」を言うわけにはいかない。死んでも言えない。

「違う違う。姉さんがうらやましいなあって思っただけ」

だから理央は、嘘をついた。

「ふうん。……でも、でもどうしよう！　パットが傍にいてくれないと、私は何もできない。なのにパットは、教育係の仕事が終わったら軍に戻っちゃうのよ？　そりゃ、おばあさまやお母さん、賛成派の公爵たちはいろいろ助けてくれると思う。でも、私が本当に助けてほしい人はパットなの！　他のお婿さんなんてほしくない……っ！」

真理は理央の両肩を摑んで前後に揺さぶりながら、彼と同じブルーグレーの瞳を潤ませて言葉を吐き出す。

こんな風に自分の気持ちを言う姉を初めて見た。

日本にいる頃は「弟は下僕も当然！」「姉の言うことに逆らうの？」と不当な扱いを受けても、たった二人の血の繋がった姉弟。理央は、心の底から姉の恋が成就するよう願った。

「姉さん」

「……ごめん。あんたも今、いっぱいいっぱいなんだよね。愚痴《ぐち》って申し訳ないっ！　時差を考えずに日本の友達に電話なんてできないじゃない？　おばあさまやお母さんは、何やら連日忙しいようだし。でも無性に誰かに言いたかったの」

真理は、こんなことなら、「ご友人数名」も一緒に引き連れてくればよかったと付け足して笑った。

「俺でよかったら、いつでも話を聞く」

「あんたが優しい弟でよかった。じゃあ私、自分の部屋に戻るわ」

彼女は弟の肩をぽんと軽く叩き、ゆっくりと立ち上がる。

「姉さん」

「ん？」

「先の事はどうなるか分かんないけど、頑張れ」

「その言い方、お父さんに似てるわよ」

理央は肩を竦めて苦笑すると、部屋を出て行く姉に手を振った。


トマスが用意してくれたファイルに目を通すことができずに臨《のぞ》んだ朝食は、あつあつのボイルドソーセージとふわふわのスクランブルエッグを大変まずいものにしてしまった。

ダンスのレッスンも、今ひとつ乗らない。乗馬では何度も落馬して、ついにはアレックスからバカにされる始末。

三時のお茶をするために部屋に戻った途端、トマスがやるせないため息をついた。

「集中できないのはなぜですか？」

多分それは、トマスさんの叱り方がソフトだから。

なんて言ったら、「変わった性癖をお持ちで…」と変な方へ気を回されそうだったので、理央は東洋人が得意とするオリエンタルスマイルを浮かべた。

「おう、東洋の神秘。穏やかでミステリアスな微笑みですね。しかし、今は微笑んでいる場合ではありませんよ？　明後日はお披露目のダンスパーティー。叙爵式後には女王主催の狩りがあります。オーデン人はこういう場合『嵐でも船を出せ』と言います」

「この国のことわざは知らないけど、意味は……何となく分かる」

つまり、死ぬ気で頑張れってことだろ？　はいはい、分かってますよ。

理央はだらしなく頷くと、ソファーに腰を下ろした。

「ルシエルを自宅謹慎処分にしたことが、ご不満ですか？」

「へ……？」

そんなことはないっ！　絶対に、確実に、限りなくっ！　ただ……。

ルシエルがいないと分かっているくせに、気がつくと彼を捜している。それが何とも悔しい。

理央は顔をしかめて、乗馬用の手袋を脱ぎ捨てる。

「もしや殿下は、足を開けば心も開くタイプ？」

「なんだそりゃっ！」

「ルシエルとは生まれたときからのつきあいですが、私が知る限り、彼が本気で恋愛をしたことはありません。……殿下がルシエルの気まぐれで傷つくようなことがあっては大変。今のうちに、王宮に見栄えのいい貴族の子弟を何人か呼び寄せ、殿下にお気に入りを選んでいただかなくては」

トマスは香りのいいハーブティーをティーカップに注《そそ》ぎ、理央に手渡した。

「ホモ禁止とか、バレたら大変なことにとか言っておきながら、俺をホモ前提で語るんだ」

「……そのことについて、私は一晩悩みました」

「はい？」

理央は薔薇《ばら》の形をした角砂糖を二個、ハーブティーに入れて溶かしながら、トマスを見つめて眉を顰める。

「あなたは殿下ですので、個人の性癖だから自由というわけにはいきません。ですが殿下とルシエルが『destiny partner』だとしたら、どう対処しようかと……」

「運命の相方？」

ボケ突っ込みが激しそうな漫才師だなあ、そりゃ。

理央はバカバカしいほど素直に直訳すると、薄くしっとりとしたティーカップの縁に唇を押しつけた。

「魂レベルで求め合う、運命の伴侶《はんりょ》のことです。去年、同名の恋愛小説が発行されてベストセラーにもなりました。日本語訳も出ているはずです」

理央は恋愛小説でピンときた。

「あー……それってもしかして、施設にいた仲のいい幼い二人がそれぞれの養父母に引き取られて、再会したときはご主人様と家政婦だったって話か？　たしか、滅茶苦茶ドロドロした内容で、殺人以外の最悪な出来事が次から次へと二人に襲い掛かり、どうにか苦難を乗り越えて、身分の差を物ともせず結ばれるんだよな？　舞台を日本に変えてドラマになったぞ。それと、姉さんは原書で読んでハマッてた」

「それです。その小説の中に出てきた言葉が『destiny partner』という造語です。今では流行語ではなく浸透して、普通に恋人や伴侶のことをそう呼んでいます」

「へえ……」

少し賢くなったような気がする。

理央はハーブティーを飲みながら、感心の声を上げた。

「で、す、がっ！　殿下とルシエルが『destiny partner』だとすると大変なことに……」

「運命の相手、ね……」

「そうなったら、私が殿下を愛《め》でることが出来なくなってしまう」

そっちかよっ！　大事なのはそっちかよっ！

切なそうに眉を顰めるトマスの前で、理央は心の中で激しく突っ込みながらお茶を飲む。

「俺には夢がありましてですね、トマスさん。可愛い嫁さんと可愛い一人娘、ふわふわのトイプードルのいる家で、平凡ながらもささやかな幸せを築きたいんです。何があっても、絶対に男に走りません」

でもルシエルに抱っこされて、「これが当然だ」という顔をしてましたよね？

トマスは喉まで出かかった言葉を呑み込み、肩をすくめる。

これ以上理央を刺激するのはよくない。

「ルシエルの話も『destiny partner』の話も、もうおしまいっ！　お茶を飲んで着替えたら、もう一回ダンスの練習をしましょう。トマスさんは俺が足を踏んでも怒らないからいい先生です。ルシエルは、口が機関銃でできているのかと思うほど、俺に対して罵詈雑言《ばりぞうごん》を」

そのくせ、俺が気を抜いたときにキスをしてくるんだ。ふわって、凄く気持ちのいいキス。

俺が怒っても、絶対にやめない。でも俺も……。

ルシエルのキスを思い出した理央は、真っ赤な顔で首を左右に振った。

「今日、パットと気持ちを確かめ合ったの。私たち……どうやら『destiny partner』みたい。こうなったら反対派を根こそぎ排除して、何が何でも女王になる。そして、弟に爵位を譲ると言っている彼をお婿にもらうわっ！　絶対に！」

夜中にこっそり理央の部屋を訪れた真理は、言いたいことだけ熱く語り、すっきりした顔で部屋から出て行った。

いいよな姉さんは。男女のカップル。しかも頭脳明晰な美男美女のカップルだ。あの調子なら、絶対に言ったとおりにする。それに引き替え俺は……。

「両思いになってもケモノ道」

理央はベッドに潜り込むと、ため息をついた。

さっさと寝ないと。明日の朝飯は、オーデン国の中世史が話題になる。せっかく覚えた内戦の名前を忘れたら、トマスさんに申し訳ない。

だが、寝ようと思えば思うほど、どんどん目が冴えてくる。

ダンスに乗馬、英語とオーデン史のお勉強。頭と体はくたくたに疲れ果て、熟睡するには持ってこいの状態なのに、理央は居心地悪そうに何度も寝返りを打った。

「眠れませんか？」

いきなり出てくるなーっ！

ベッドの足下から聞こえてきた声に、理央は心臓が口から飛び出るほど驚く。

「私も眠れません」

「ルシエルっ！」

理央は勢いよくベッドから起きあがると、ボタンダウンシャツにジーンズ姿で立っているルシエルを見た。

「ど、ど、ど、どうやって忍び込んだっ！　王宮のセキュリティーはどうなってるっ！」

「熟知していますので、忍び込むのは簡単」

「ほう……ではなくっ！　自宅謹慎中だろうが。トマスさんに見つかったらどうするっ！　隣の部屋にいるんだぞ⁉」

「あなたが大騒ぎをしなければ、私が見つかることはありません」

ルシエルは天使のような微笑みを浮かべ、理央の横に移動して腰を下ろす。

私服姿を初めて見た。へえ、ルシエルでもジーンズを穿《は》くんだ。足の長さが強調されてるのがなんかムカつくが、やっぱこの人……格好いいよ。俺より王子様だよ……。

理央は「世の中は不公平だ」と呟き、彼の髪に触れた。

「何をしにきたんだ？　もう真夜中だ」

無意識にルシエルの髪を触り、優しく梳《す》きながら、理央は小さな声で尋ねる。

「あなたに会いたかった」

「昨日まではずっと一緒にいたし、謹慎だって三日で終わりだろうが」

「我慢できませんでした」

カーテンの隙間から差し込む月光で、ルシエルのすみれ色の瞳が深みを増した。

「あなたの体温を感じて、あなたの匂いを嗅いで、時折その唇にキスをしたい」

普通、こういうことを言われたら「引く」。

だが言ったのは美貌の男。まるで映画の台詞のように自然で、理央は素直に聞いた。

「欲望の赴《おもむ》くまま行動を起こすなど、初めてです」

ルシエルは理央の左手をそっと取ると、手の甲にキスを落とす。

「トマスさんから聞いたぞ。ルシエルは身持ちが悪いって」

浮気をした恋人を咎《とが》める口調に似ているような気がして恥ずかしい。けれど理央は、言わずにいられなかった。

「身持ち、とは?」

「……俺も言ってから古くさいと思った。ええと……つまり、不誠実な男ということだ。あっちフラフラこっちヨロヨロの、下半身に節操がない男」

理央は左手を引っ込め、どこか苛立たしげな視線をルシエルに向ける。

ルシエルは僅かに眉を寄せて、首を傾げた。

「自覚がない。下半身問題は別として、姉さんと似た精神構造らしいな。もてる奴らはどうしてこう鈍感なんだ。そのくせ、本当の恋を知ると子供のように慌てふためく。どうすれば相手が喜んでくれるか、どうしたら気の利《き》いたことが言えるかなんて、考えたことがないだろ？　当然だ。いつも取り巻きがちやほやしてくれるから、自分からアクションを起こす必要がなかった」

　ここでまた、姉さんに言ったようなことを言うとは。俺は姉さんと違ってモテなかったからなぁ。「武道なんて汗くさい」「デートより練習が大事なの？」なーんて、……よく言われた。振られた。ああもう、嫌なことを思い出したじゃないかっ！

　理央は過去の傷跡を再び抉《えぐ》られるような胸の痛さを感じ、顔を逸らしてため息をつく。

「殿下は、私よりも私のことをご存じだ」

「いや……だって、分かってしまったものは仕方がない……」

「嬉しいです。今までより何百倍も殿下が愛しい」

　ルシエルは理央の顎を掴んで自分に向けさせ、蕩《とろ》けるような微笑みを浮かべた。

「その顔は反則だ」

「使えるものはなんでも使います」

「俺の気持ちも……少しは考えてくれ」

　理央は真っ赤な顔のまま、ルシエルを睨む。

「考えるまでもない。あなたは初対面の時から私を意識していた。キスをしても嫌がらなかった。セックスの最中はしがみついて私の名を呼んでくれた。愛している以外の何が？」

理央は無言でルシエルの頭を叩いた。

「今度は避けませんでしたよ」

「バカ。そういうことじゃない。俺が？　ルシエルを？　愛してる？　トマスさんのようなことを言わないでくれ。男というものは、快感に弱い。だから俺は、快感に流されただけ」

「ですが男は、ナイーブなものでもある。不愉快な相手に局部を刺激されて、反応を返しますか？　何度もキスを許しますか？　あまつさえ、頬を染めて瞳を潤ませますか？」

ルシエルの言葉は正当だった。

思わず「そうだなぁ」と感心してしまった理央は、言ってから後悔する。

「秘密の関係は、二人の仲を親密にする。刺激にもなる」

「そんな勝手な……」

「私だけを愛しなさい。そう……トマスがよく言っていたな。destiny……」

「destiny partner？」

「そう、それです。私以外の誰も見なければ、同性愛に悩むことはありません」

もっと凄いことで悩みそうなんですけど……っ！

理央は思い切り顔をしかめて、心の中で突っ込みを入れた。

「二人で一生の生活設計を考え、どうすればより長く一緒にいられるかを徹底分析し……」

「俺は一人前の殿下になることと、姉さんを守ることでいっぱいいっぱいで、そこまでは」

「殿下？」

理央は首を左右に振って彼の指から逃れると、仰向けでベッドに沈み込む。

「スポーツと家事には自信がある。でもそれ以外のことに関しては、俺はまったく自信がない」

「最初から完全な人間などいません」

「ある程度の度胸はあるつもりだったけど、この先自分がどうなるのかさっぱり見当がつかない。悔しいが、それが怖い」

ルシエルは体を屈《かが》めて理央の額にキスをすると「私がいます」と甘く囁く。

「それが……一番怖い」

しっかりなさいと叱咤する方がルシエルらしいのに、優しいキスをされては困る。

理央はじわりと目尻に涙を浮かべた。

「バカ騒ぎができる友達も、愚痴を言える友達もここにはいない。母さんや姉さんに言えるわけがない。守らなくちゃならない相手に弱音が吐けるか？　だから今の俺には……」

ルシエルは理央の前髪を掻き上げながら、彼の言葉に沈黙する。

「今の俺には、ルシエルしかいない。怒鳴ったし、怒ったし、手も上げた。情けない姿も恥ずかしい姿も全部見せた。何もかも見られた。……ちくしょう、俺は何を言ってるんだ？」

その途端、ルシエルは乱暴に理央を抱き締めた。

ふわりと香るシトラスが、理央の鼻孔をくすぐる。

「好きか嫌いかなんてどうでもいい。俺はルシエルに馴れた。だから、ルシエルがいないと困るんだ。だからもう、謹慎処分になるようなことをするな。バカ」

「もしや私は、拒絶された……？」

「違うってっ！　俺の気持ちを察しろっ！　そのままの意味で受け取るなっ！」

ルシエルはしばらくしかめっ面《つら》で黙っていたが、大輪の薔薇にも似た艶やかな微笑みを浮かべた。

「またその顔。ルシエルは反則づくしだ」

「思う存分察しました。しかし、いずれはハッキリと言っていただきます」

ベッドのスプリングが控えめな音を立てて、ルシエルの体重を受け止める。

「ルシエル？　俺は明日も、ダンスと乗馬の………んっ」

最後の言葉はキスに邪魔された。

理央は拒むように歯を食いしばったが、パジャマの上から下肢を撫でられて観念する。

天国の父さん。ごめんなさい。あなたの息子はバカです。どうやら俺は、この男に……。

理央は自分を心の中で罵《のの》りながらルシエルのキスを受け、彼の指が動き出すのを許す。

「あ、あの痛いのは……なしだ」

二人分の唾液で濡れた唇を見せつけながら、理央は小さく掠れた声を出した。

「男女ともに、回数をこなせば慣れるものです」

「今頃聞くのもなんだと思うけど……ルシエルは男とこういうことをしたことは……」

「何度か。しかし、今回は驚きました」

このロッテンマイヤーが驚く反応ってなんだ？　気になる。物凄く気になる。

本来ならロマンティックな展開になるところだが、理央は色気よりも好奇心が勝った。

「何に驚いた？」

「以前は挿入に苦労することはありませんでした」

「全員？」

「ええ、全員。ですから、あなたに挿入したときは新鮮でした」

聞いたのは自分なのに、理央は急に腹が立ってきた。

そんな新鮮、俺はいらない。というか、一体何人の男とやったんだ？　おいっ！

理央は険しい表情を浮かべ、「やっぱり身持ちが悪い」と呟く。

「過去は過去。これから先は、私は殿下の傍にだけ存在します」

「また、そういうキザなことを」

「どんな風に誓いましょうか？」

「……言った俺がバカだった。頼むから黙ってくれ」

ルシエルは唇をほころばせて、無言で理央の体からパジャマをはぎ取った。

「まったく抵抗されないとは」

「俺が本気で抵抗して暴れたら、隣の部屋からトマスさんが飛んでくる。そしたらルシエルは、もっと罰を受けるぞ？　俺はルシエルがいないと困るんだから……」

ルシエルは心の中に甘酸っぱいものが湧き上がるのを感じた。

理央が王子という立場でなかったら、すぐにでも自分の屋敷に攫《さら》っていけるのに。

それができないのが苦しい。

ルシエルは理央の体を自分の指に覚えさせるかのように、丁寧に時間を掛けて辿った。

　専門の職人が何日も掛けて仕立て上げた王室の正装を身につけた理央は、今にも死にそうな顔でトマスの両手を握りしめた。

　彼も正装しているが、王室の人間が身にまとう、抜けるような青の「オーデン・ブルー」ではなく、王族の使う深い海の「ファミリー・ブルー」。日本の学生服に似た詰め襟《つめえり》のデザインは同じだが、布の色で分けられていた。

「そんなに緊張しなくても大丈夫ですよ。少々ミスを犯した方が、親しみが湧きます」

「そんなっ！　人ごとだと思ってっ！」

「武道の大会も、大勢の観衆の前で行うものでしょう？　それだと思えば」

「道着を着ていればなっ！　あれは一種の精神安定剤なんだっ！　俺は今、猛烈にキャベツの千切りを作りたくなったっ！」

「パーティーのあとでしたら、いくらでもどうぞ」

「え、ええと……一番最初にキャシーおばあちゃんと踊って、そのあと母さんと踊って、次が姉さん。ここまでは覚えた。そのあとは誰と踊ればいいんだっけ？」

　舞踏会でなく武道会なら、こんなに緊張することもなかったのに。それなら堂々と、女王反対派の連中を投げ飛ばせるのに……っ！

理央は今にも崩れ落ちそうな膝にどうにか力を入れ、ダンスの順番を思い出す。

「私がそれとなく指示してあげましょうか？」

「その必要はない」

背後に低く冷静な声を聞き、二人は慌てて振り返った。

「ルシエルっ！」

理央は安堵の声を上げ、トマスは神妙な顔を見せる。

「殿下がダンスをされる女性たちは、キャスリン皇太后がそれとなく引き合わせることになっている。リオ殿下は、心おきなくダンスに専念されたし」

「え？　そういうことになったの？」

トマスは目を丸くしたが、ルシエルは平然と頷いた。

「まあいいや。リオちゃまが可哀相な目に遭わなければ。君、ちゃんと護衛しなさいね？　反対派にとっては、殿下たちを直接攻撃できる機会なんだから」

「言われなくても分かっている」

「マリ様にはパット。リオ殿下にはルシエル。……正常なオーデン人であれば、恐ろしくて手が出せないね。撃墜される」

トマスは肩をすくめて笑うと「用事があるから先に行くね」と部屋を出て行った。

「俺より王子らしい。王族の正装がよく似合ってる。……ルシエルは誰とも踊らないのか？」

「殿下。トマスがなんと言ったか、もうお忘れか？」

「あ。……俺の警護」

「はい。私があなたの傍にいれば、何も心配はない」

なんでこう、キザな台詞がすんなり出て、しかも似合うんだろう。

理央は不躾にルシエルを見つめ、頬を染める。

「ダンスのステップはいかがか？」

「トマスさんの足を踏まずにすむ程度には、出来るようになった。昨日は一日中ダンスレッスンだったんだぞ？　しかも、英語で話ながらだ」

まるで誉めろと言わんばかりの態度に、ルシエルは苦笑する。

「ではもう、私がいなくても大丈夫ですね」

「それは困る」

「一生側にいてほしいと願いますか？」

「当然だ」

二度も体を合わせた。二度目は一度目よりもより深く快感を覚えた。

抱き締められ、突き上げられて、ルシエルの名を呼びながら何度も果てた。

耳元で、「愛している」と英語で何度も囁かれた。そのときのルシエルの声は低く優しくて、何度も頷いたのを覚えている。

けれど理央は、日本人らしい頑固さと持って生まれた常識で、ルシエルの思いに対し、言葉でハッキリとした返事を返さない。

「あなたはこの国にいて、時間はいくらでもある。……さて、そろそろダンスホールへ行きましょう」

ルシエルは理央の唇をかすめ取るようにキスをして、ドアを開ける。

「あのなっ！」

「こんな軽いキスにさえ過剰な反応を示す。可愛らしい」

「もうルシエルとは口をきかない。黙って俺を守れ」

理央は白手袋をはめた手で彼の胸を小突くと、頬を赤く染めたまま廊下に出た。


王族、貴族、首相に議員たち、そして各界の著名人有名人が一堂に会し控えめな声で歓談する中、華やかなドレスをまとった女性たちは、空を舞う蝶のようにホールの美しい装飾となっていた。

ロイヤルファミリーが座する一段高い上座の、向かって左側に王立音楽大学の優秀な学生たちがそれぞれ楽器を手に、お披露目パーティーでの曲を奏《かな》でるという名誉を与《あずか》った。

ボーイたちは銀のトレイを片手に紳士淑女の間を優雅に行き交い、良家の子弟子女たちは、早くも「小さな島国からやってきた王女と王子」の話でささやかに盛り上がった。

そこへようやくキャスリン皇太后が現れる。

彼女は国家が演奏される中、理央にエスコートされて上座に向かった。そのあとを、パトリックにエスコートされた真理が続いた。

耀子は「私はこういう堅苦しいのは遠慮するわ。それに、庶民だし」と笑い、ウォーリック公爵夫人の横にいた。

真理は若いながらも既に女王の高潔さを身につけ、その美しさと共に輝いている。

長い黒髪を高く結《ゆ》い、キャスリンから譲られたパールとダイヤの品のいいティアラを付け、オーデン・ブルーのドレスを身にまとっていた。

招待客たちから感嘆のため息が漏れる。

誰もが、オーデン国の未来の女王に心を奪われた。

たとえ真理が心の中で「よっしゃあっ！　気合い十分っ！　反対派の連中、どこからでも掛かってきなさいっ！　私のパットが黙っちゃいないわよっ！　ほほほほほっ！」と高笑いをしていようと、それを表情に出さない限り、彼女を賞賛し続ける。

一方理央は、エスコートしているようで、実は「されていた」。

キャスリンは小声で「周りにいるのは馬だと思いなさい」と言うが、アレックス以外の馬には未だに近寄れない理央は、逆に緊張度を高めた。

オーデン国のロイヤルファミリーが上座に揃ったところで、パトリックはスマートに招待客の中に入っていく。

「我が王ヘンリーを失った悲しみは深く重いものです。耐えようのない苦痛です。しかし彼は、后妃ヨーコとの間に、オーデンの希望の光を二つも残してくれました。これからわたくしたちは、この二つの光たちに癒《いや》されるでしょう」

キャスリンは英語で招待客たちに呼びかけ、真理と理央を自分の左右に置いた。

彼女の「プリンス・リオ」と言う言葉に、まばらな拍手が起きる。無視されて静まりかえるとばかり思っていた理央は、自分に拍手を送ってくれた人々を忘れないよう、ホールを見渡す。

母耀子、王族のウォーリック公夫妻、シャイヤ公夫妻、コンエール公夫妻、そして、教育係や世話係を買って出てくれた彼らの子息。首相夫妻に、数名の貴族と議員。民間の名士たちは笑顔を浮かべながら、下品にならぬようささやかに手を振った。

「プリンセス・マリ」

キャスリンの声が終わるか終わらないかで、ホールは割れんばかりの拍手で埋め尽くされる。

招待客たちは未来の女王を心から歓迎し、その御代が輝かしいものになるよう祈った。

理央も「プリンス」という立場を忘れ、子供のような笑顔を浮かべて姉に拍手をしたが、キャスリンに苦笑されたので、照れくさそうに手を下げる。

その中で女王反対派の連中は、露骨に苦々しい表情を浮かべ拍手をするどころか両手を後ろに組んだ。

拍手はいつまでも続くかと思われたが、キャスリンが軽く片手を上げたのを合図に静まっていく。それに合わせて、柔らかなワルツが奏でられた。

理央はキャスリンの手を取り、マリはウォーリック公のエスコートで、ホールの中央へ移動して踊り出す。

人々は理央のぎこちないステップを好意的に思い、真理のステップに感動する。

理央は王族の女性たち、真理は王族の男性たちと次々に踊ったが、ルシエルとパトリックは全く違うことを思いつつ、内心冷や汗をかいていた。

くれぐれも、パートナーの足は踏まないように。踏むな、踏むなよ？　踏んだら、根も葉もないうわさ話を流される。頑張れ。俺が教えたことをしっかり思い出せ。

ルシエルはそう思い。

ああ、私のマリが、反対派の連中と踊らなくてはならないなんて。しかもマリは笑顔で耐えている。早くこの忌々しい時間が終わってしまえばいいのに……っ！

パトリックは心の底からそう願っていた。

「君たち、余裕がありませんな」

従兄《いとこ》たちの焦りが手に取るように分かるトマスは後ろから彼らに小声で話しかける。

しかし二人から、殺人的に冷ややかな視線を投げつけられて口を噤《つぐ》んだ。

理央の相手が、プラチナブロンドにすみれ色の美少女に変わる。

「殿下。わたくしのお兄様は殿下に意地悪をしていないかしら？」

小声で、しかも日本語で話しかけられた理央は、一瞬ステップを間違えそうになった。

「え？」

「わたくしは、マリエル・ステラ・ウォーリック。ルシエルの妹です」

ぎゃーっ！　兄が兄なら妹も妹っ！　超絶美形兄妹っ！　長い睫《まつげ》が半透明っ！

理央は叫びだしたいのを辛うじて堪え、とてもいい香りのするマリエルをリードする。

「わたくし、日本が大好きなんです。特に、マンガとアニメ。凄く面白いの」

日本が世界に誇るサブカルチャーを誉められても、詳しくない理央は気の利いた返事を返せない。

ルシエルっ！　こんな美少女の妹がいるなら、先に言えっ！　びっくりしたっ！

理央は心の中でルシエルに悪態をついた。

「そんなに緊張しないで。大丈夫、ダンスが下手でも、わたくしは殿下の味方です。でもお兄様は、殿下のことを尋ねてもお話ししてくださらないの。意地悪なのよ」

そりゃそうだ。なんてったって、ロッテンマイヤーだから。でもなんで、俺のことを話さないんだ？　ウォーリック家は味方のはずなのに……。

理央は素朴な疑問を抱いたまま、マリエルと踊り続けた。

フォークダンスのように次から次へと相手を変え、やっと終わったところで、招待客もダンスを始めた。

「緊張しすぎで肩が凝った……」

壁際に並べられた椅子の一番端に腰掛け、理央は大きなため息をつく。

「でも、誰の足も踏まなかった……と思う」

「よく努力されました。八十点を差し上げましょう。合格です」

トマスは微笑みながら、臨時の教師として理央に点数を告げた。

「うわ。そんなに貰えるんだ。トマスさんの教え方がよかったからだよ。きっと」

理央は苦笑の中にまんざらでもない表情を浮かべる。

「トマスは甘い。私なら四十点だ。笑顔が強ばっていた、俯いてステップを確認した。リードがぎこちない。それと、五回もステップを間違えた。誉められるのは姿勢の良さだけです」

ルシエルは冷静な顔で冷ややかに言うと、理央にカクテルを差し出す。

炭酸が入っているのか、淡いオレンジ色の液体の中で細かい泡がはじけていた。

「……今飲んだら、すぐに酔う」

「ノンアルコールです。気持ちがすっきりすると思いますが」

「だったら飲む」

俺に何度も「不敬罪」を働いているくせに。少しは誉めろよ。俺に愛しいって言ったのは、どこの誰だ?

理央は心の中で毒づき、華奢なカクテルグラスを受け取った。

「パットは?」

「マリ様の傍に。一時でも離れたくないそうだ。困ったヤツだな」

「君がそれを言うとは。あ、父上が呼んでいる。大事に至らないよう、くれぐれも気をつけて」

トマスは、眉を顰めるルシエルから逃げるように、シャイヤ公の元へと足を向ける。

一気に喉を潤した理央は、空のグラスを手にしたままホールをゆっくりと見渡した。

隅で歓談している者、ダンスに興じている者、こっちを見ては顔をしかめ、眉を顰める者。

みんなに好かれようなんて思ってないけど、ああいう態度はムカつくなー。

理央はそんなことを思いながら、パトリックとダンスに興じている真理の姿を見つめる。

煌《きら》びやかなシャンデリアの下、華やかな場所で暗い影を落とす者たちが、そのとき行動を起こした。

ドンと鈍い音が響き、すわ爆弾かと血相を変えた人々は、窓の外に光る鮮やかな色にはっと胸を撫で下ろす。

「fireworks……？」

ルシエルが首を傾げて窓の外に視線を向けた。

人々も夜空に咲いた大輪の花を見ようと、窓辺に押し寄せる。

だが理央は彼らと反対に、ホールに向かって走った。

花火に気を取られた真理とパトリックに、スーツ姿の一人の男が手に鈍く光る何かを持って近づいたのが見えたのだ。

ルシエルが気づいたときには、すでに理央は男に向かって走っていた。

「姉さんっ！」

理央の鋭い声に、パトリックが反応する。

彼は自分の胸に真埋を抱き、体を捻《ひね》って刃を避けた。

「このっ！」

理央は男の、刃物を持った右手首を冷静に掴み、相手が自然に倒れるように上体を優雅に動かす。

何度かフラッシュのようなものが鋭く光ったが、理央が気を逸らされることはない。

男は、飛び込み前転をする体操選手のように床に転がった。

「security！」

理央は凛としたよく通る声で一声叫ぶと、倒れた男の手首を軽く捻《ひね》る。相手は理央よりも一回りも大きく屈強な体格をしていたが、起きあがることも出来ずにうめき声を上げた。

この一連の行動を余すことなく見ていた数少ない者たちは、アクション映画に興奮した観客のように手を叩き、指笛を鳴らす。

「殿下、お怪我は」

素早く駆け寄ったルシエルは、男の手首を掴んでいた理央の手をそっと離し、男を警備兵へと預けた。

「ない。こいつ、姉さんを刺そうとした。姉さん、大丈夫？」

「ああ、理央っ！」

パトリックの胸に避難していた真理は、弟に向かって両手を伸ばすと、力任せに彼を抱き締める。

「あなたは最高の弟よっ！　素晴らしいわっ！　私を守ってくれてありがとうっ！」

真理は大声で叫び、次にパトリックの手を両手でそっと包むと、潤んだ瞳で彼を見つめた。

「そして、その身を以《もっ》て私を守ってくださったパトリック、感謝します……」

オーデン国は親日国で、日本語を解する人間が多い。招待客の殆《ほとん》どは真理の日本語に頷く。分からない者も、言葉のニュアンスと真理の行動で理解した。

キャスリンと耀子は交互に真理と理央を抱き締めて無事を感謝する。

普通なら「暗殺未遂」と暗い空気が流れるものだが、理央の見事な対処に人々は熱狂し、パーティーが始まる前までは「別にいなくてもいい王子」と思っていた者たちが、我先にと理央に押し寄せて、逆に盛り上げてしまった。

「これでは、中止というわけにもいかないわね」

「そうですね。……でもよかった。あの子が武道を習っていて」

「きっと、崇拝する人々が現れるわよ？　『神秘の国からやってきた王子』と言って。新聞社の記者を数名潜り込ませておいて正解だったわね」

「さっきの光は、カメラのフラッシュ？　さすがはお義母様」

「惨状現場の写真にならなくて、本当によかった。あの子たちは運がいいんじゃない？」

「ええ。昔から事故に巻き込まれても怪我一つないという、ラッキー体質なんです」

キャスリンと耀子は顔を見合わせ、いたずらが成功した子供のような顔で笑った。

「殿下はお疲れのご様子。お話を切り上げていただきたい」

同じ年頃の女性や男性に囲まれて有頂天になっていた理央に、ルシエルがスマートに割って入る。

彼らはあからさまに残念そうな表情を浮かべたが、相手が「殿下の教育係」では仕方がない。のろのろと理央から離れた。

「助かった。英語なまりの日本語って、聞き取るのに緊張する」

「静かな場所に移りましょう」

ルシエルは冷ややかな声で囁くと、理央を連れて庭に出る。

「なあ、ルシエル。何を怒ってるんだ?」

神話の女神が水瓶を持った円状の噴水まで辿り着くと、理央はルシエルの表情を窺うように尋ねた。

「怒っているも何も……。あんな危険な真似をするとは」

「俺が行かなければ、姉さんが刺された」

「パトリックは気づいていました」

「俺が叫んだからだろ?」

理央は噴水の縁に腰を下ろし、顔をしかめる。

「いいえ。あなたが叫んだので、行動がワンテンポ遅れたのです」

ルシエルは理央の前に跪くと、俯いた理央を覗き込んだ。

「殿下？」

「ルシエルはどうして……そんなことばかり言うんだ？　俺のしたことは無駄だったって？

俺は何をしても役に立たない『オマケ王子』だって？」

「そうは言ってません」

「言ってる。オマケはオマケらしく、大人しくしてろって。目立つなって」

自分で言っていて悲しくなったのか、理央は切ないため息をつく。

「精神面の鍛錬が足りません」

「自分で分かってることを他人に言われると、物凄く腹が立つって知ってるか？」

理央は辺りに目配せをして誰もいないことを確かめると、ルシエルの髪を両手で掴んで引っ
張った。

だがルシエルは、理央のしたいようにさせる。

「俺を好きだって言うなら、少しは甘やかせよ」

「私があなたを甘やかしていないと？」

「してないってのっ！　このロッテンマイヤーっ！　一つでもスペルを間違えれば怒るし、発

音が悪いと顔をしかめる。王国史の年号を間違えると、ため息をつくっ！　知ってるか？　なあ。一生懸命やっているときにため息をつかれると、自分は世界で一番駄目な人間なんだって落ち込むんだぞ？　乗馬の時は、ミスをしていないかずっと監視していて……」

ルシエルは理央の不満を聞きながら右手で理央の左手を掴み、自分の髪からそっと引き抜いて、手の甲にキスをした。

「なのに……キスは優しい。最悪だ」

俯いた理央の瞳に涙が溜まる。

「情けない。こんなことぐらいで泣くなんて」

「可愛い」

「可愛いのは俺でなく、ルシエルの妹だ。あんな可愛らしくて綺麗な女の子は、日本にはいない。……多分」

「妹は関係ありません」

「どうせなら、あの子が俺の教育係だったらよかったのに……」

「まあ、私も最初はマリエルが教育係でもいいと思いましたが」

理央はルシエルの髪から手を離し、腰をずらして場所を移動した。

「なんか、無性に腹が立った」

「ですが、あなたの姿を見て、私が教育係でよかったと思いました」

「それで嬉しくて、妹に何も言わなかったとか？　はは」

「ええ。父から初めて自分用の馬をもらったときも、妹には絶対に触らせなかったし、現在もそうです。気に入ったものは誰にも触らせない、話もしない。愛情を注《そそ》ぐのは自分一人でいい」

うわー……言い切ったな、この野郎。

理央は呆れを通り越して感心する。

ルシエルはゆっくり立ち上がって理央の前に立つと、指先で彼の顎を持ち上げた。

「今すぐあなたを抱きたい」

「お、おい……」

「私がどれほどあなたを大事に思っているか、教えて差し上げる。そうすれば、もう危険なことはできないはずだ」

「今夜のパーティーは、姉さんと俺のお披露目パーティーなんだぞ？　なのに片方がいなくなったら困る」

「嫌だ、ではなく、困る、ですか」

本当にだめだって。しかも外っ！　殿下が教育係と外でアレしてナニして……あーもーっ！

この性欲魔神っ！　俺が困ってるのを見て、ニヤニヤ笑うなっ！

だが理央の思考はそこで止まる。

ルシエルの唇が理央の唇にゆっくりと重なった。

ルシエルは庭の木立の中に理央を連れ込むと、再び激しいキスをする。彼の下肢はとうに猛っていて、それをぐいぐいと押しつけられるたび、理央の体も反応を返した。

木に背をもたれさせた理央は、ルシエルのキスに翻弄《ほんろう》される。

散々口腔《こうこう》を愛撫して離れた唇を追いかけるように、理央は自分からルシエルにキスをした。

「あ。なんで……俺……っ」

こんなところで、とんでもないことをやらかそうとしてる……っ！

慌てて顔を離す理央の前で、ルシエルは嬉しそうに目を細めて微笑む。

「私の気持ちが伝わりましたか？　殿下」

「違う……伝わってなんか……」

理央は真っ赤な顔で首を左右に振るが、詰め襟のホックを外され、ファスナーを下ろされたところで黙り込んだ。

中に着たワイシャツのボタンを外され、胸をあらわにされても何も言えない。

開け放たれたホールの窓から軽やかな曲が流れ、招待客たちの笑い声がかすかに聞こえる。

なのに自分たちは、いつ誰に見つかるか分からない木立の中で、恥知らずな行為に臨んでいる。それが理央を、どうしようもなく興奮させた。

「触れてもいないのにこんなに硬くなっている」

ルシエルは彼の耳元で囁くと、胸の突起をつまみ、指の腹で円を描くように撫で回す。

「ん……っ」

両方の突起を愛撫されながら耳や首筋にキスをされ、今にも崩れそうな体で必死に耐える。筋肉質のしなやかな胸は、ルシエルの愛撫を受けるたびに甘い吐息をはき出す。

「そこ……ばっかり……っ」

「可愛らしいもの、美しいものを愛《め》でるのが、私たちの慣習です」

勃ち上がった突起は、赤く染まって一回りも大きくなっている。そこは敏感にルシエルの指を感じて、理央の体に快感をしみこませた。

「も……やだ……」

感じるけれども胸の奥が切なくなって苦しい。こんなもどかしい快感でなく、もっと違う快感が欲しい。

理央は目尻に涙を浮かべ、ルシエルを見つめた。

「あなたがどうしてほしいか、私には手に取るように分かる」

ルシエルはそう言うと、理央の唇を乱暴にむさぼり、彼の前に跪く。そして、スラックスのベルトとボタンを外し、ファスナーを下ろした。

理央の欲望は下着の上からでもハッキリ分かるほど形を変え、じわりと染みを滲ませている。

ルシエルは、まずはスラックスを引き下げた。

「こんなに大きな染みをつけて。クリーニングに出すのが恥ずかしくありませんか?」

理央は首を左右に振って彼の言葉を聞くまいとするが、下着にはますます染みが広がった。

「子供のように漏らしてしまいましたね。……もうぐっしょりと濡れている」

ルシエルは人差し指を下着の染みに押しつけ、ゆっくりとスライドさせた。

「う……っ……んぅ……っ……」

染みの中心の内側に何があるのか知っていて、ルシエルは執拗に指をスライドさせる。

「は……っ……、や……っ…そこ……だめだ……っ」

夜は音が響く。理央は唇をかみしめて快感の声を堪えながら、体を朱に染めてルシエルを見下ろした。

「あなたが二度と危険な真似をしないように、まずは罰を与えなければなりません」

「そんな……っ」

「大きな声を出して、誰かに気づかれたらどうしますか。我慢なさい」

優しい残酷な声に、理央は切ないため息を漏らす。

もっとも敏感な場所の一つを、たった一本の指で下着越しに責められる。とろりとした先走りが溢れるたびに下着の染みは広がり、理央の雄の形どころか色さえも映し出した。

「ルシエル……っ」

掠れ声は、すぐさま途絶える。

理央は唇を噛みしめて、ルシエルの新たな愛撫に耐えた。

下着をわざとゆっくり下ろされ、先走りが糸を引く様子をルシエルに見つめられる。

性器だけを露《あらわ》にされ、下着は足の付け根で止まった。

苦しいほど羞恥心に苛《さいな》まれ、泣き出したいほど情けないのに、理央の体は一層ルシエルを求めて足を開く。

「誘っても無駄です。まだ罰は終わっていません」

「俺……もう……」

「殿下はもっと我慢を学習しなければ。何が起きても冷静に対処しなければなりません」

意地悪な声に耳をそっとくすぐられ、綺麗に整えられた指先で剥き出しの性器を優しくなぶられる。

彼の雄は根元まで先走りで濡れ、髪と同じ色の体毛だけでなく興奮して膨らんだ袋までを汚していた。先走りが流れたあとを辿るように、筋張った長い指がゆるゆると雄を行き来する。

そのうちルシエルの指はねっとりと濡れ、水飴を垂らしたように鈍く光った。

理央は崩れ落ちないよう両足に力を入れ、声を漏らさないよう両手で口を押さえる。

「立場を忘れた行動をすると、こんな酷《ひど》い罰を受けるのだと絶対に忘れないように」

ルシエルは理央を見上げながら、濡れた指を後孔に移動させた。

ここじゃ……いやだ……っ！

声に出せない理央は、ぎゅっと目を閉じ、尻に力を入れて抵抗する。だがルシエルのもう片方の手で袋を揉みほぐされたため、抵抗は無駄に終わった。

「う、う……っ」

「まだ指は一本しか入っていません」

「ん…っ！」

肉壁を貫いた指に、内部のもっとも感じるところを突かれた理央は、体をびくんと震わせて背を仰け反らせる。

そこ…だめだって……っ！　体が、体が……もう……っ！

雄はとろとろと先走りを溢れさせるが、ルシエルはそれには目もくれず、理央の表情を盗み見ながら袋と後孔だけを責め続ける。

「や……やだぁ……っ」

理央は我慢できずに口から両手を離し、ルシエルの髪を乱暴に掻き回す。

「ひ……っ」

後孔を貫く指が二本に増え、理央の後孔を突き上げる。そのたびに、ぬかるみを歩くようなしめった粘りけのある音が、辺りに響き渡った。

無意識のうちに腰を動かしていた理央は、突然のルシエルの行動に驚いて体を強ばらせた。

彼はためらいもせずに理央の雄を口に含んだのだ。

自分より百倍も王子様らしいルシエルが自分の前に跪いて、形のいい唇で雄を銜《くわ》える。

それが理央には許せなかった。

「んぅ……っ……バカ……っ……何やって……っ！　やめろ、やめろよ……っ！　そんなことするな……っ！　汚い…っ！」

理央はルシエルの髪を掴んで引き離そうとするが、そのたびに激しく後孔を突き上げられ、雄を強く吸われる。

甘美な刺激に意識を飛ばしそうになりながらも、理央は必死にルシエルの頭を自分の下肢から引きはがそうとした。

「頼むから……なあ……頼むからやめてくれ……っ……ルシエルが……そんなこと……っ…頼むから……お願いだ……やめて……」

冷ややかな美貌の教育係を跪かせても、普通なら征服感を煽るだろう行為をさせても、理央は少しも優越感など感じなかった。

それどころか、自分に愛を囁いた唇や舌になぶられることに羞恥心と敗北感を感じ、その不愉快な行動に煽られて快感を得てしまう自分に怒りを覚える。

「やだ……もうやだ……っ……ルシエル……やめてくれ……これから……なんでも言うことを聞くから……っ……言うことを聞く……っ」

理央は泣きじゃくりながら約束すると、ルシエルは名残《なごり》惜しそうに雄から唇を離した。

「何でも聞く？　殿下が？」

「ん。……言うこと……聞く……っ」

だからもう、こんなことしないでくれ。

理央は涙で濡れた瞳で、ルシエルを見下ろした。だが彼の唇が濡れていたので、恥ずかしそうに目を伏せる。

「一生……ですよ？」

「それは……」

こんな状態で、自分の一生を決めるわけにはいかない。

ルシエルは強引に答えを得ようと、ためらっている理央を尻目に、再び彼の雄を口に銜え舌を動かした。

「ひ……っ……あ、あ、あ……っ」

後孔の指は三本に増えて、理央の体を内部から快感に染める。

だめ……このままじゃ……俺……ルシエルの口に出す……っ！　そんなこと、死んでもできないっ！　恥ずかしいし……ルシエルにそんなことさせられない……っ！

理央は木にもたれたまま体を悶《もだ》えさせ、絶え間なく押し寄せる快感の荒波に溺れた。

「聞く……一生聞く……っ……何でもする……っ……だから勘弁してくれ……」

彼は蚊の鳴くような声で誓い、乱暴な快感にすすり泣く。

「では罰は、これで終わりにしましょう。殿下、自分の発した言葉に責任を持ってください」

ルシエルは理央の後孔から指を引き抜いて立ち上がると、惚《ほ》れ惚《ぼ》れする微笑みを浮かべた。

「や……やめるのか……？」

「まさか。ここからが、恋人同士の愛の営みです」

途中で放り出された恨めしい思いが、期待と恥ずかしさに変わる。

理央は、どこか横になれる場所を探そうとキョロキョロするが、ルシエルにゆっくりと体を動かされ、気がついたら木に両手をつき、腰を突き出す格好にさせられていた。

「な……っ」

「オーデン・ブルーの正装を草の汁で汚すわけにはいきません」

「こんな格好でしたことなんてない……っ」

「では、今から学習してください。あなたの体は物覚えが早い」

「や、やだ……ん、ふ……っ」

拒む間もなく尻を左右に押し広げられ、ルシエルの怒張したものを受け入れる。

「く…苦し……っ」

「すぐによくなります」

ルシエルは理央の左足を高く持ち上げ、犬が用を足すような格好にすると、より深く貫く。

「うぅ……っ」

理央は俯いて呻いたが、ルシエルが動くたびに揺れる自分の性器を目《ま》の当たりにして、カッと熱を上げた。

「ご自分が達するところを、よく見ておきなさい」

「そんなこと……っ……あ、あ、あ……っ」

「私の言うことを一生聞くと言ったではありませんか。もうお忘れか？　殿下」

「でも……こんな恥ずかしい……こと……」

「恥ずかしい？　気持ちいいの間違いでは？」

ルシエルは少々上擦った声で理央を突き上げながら、喉の奥で笑う。

「本当に……俺のことが好きなのかよ……っ、こんな……恥ずかしいこと……させようなんて」

「本当です。愛してます。誰にも触らせない。誰にも渡さない。生涯お側でお仕えします。あなたは私の主です」

だったら主にこんなこと命令すんなっ！

理央は喉まで出かかった言葉をどうにか呑み込み、唇をとがらせた。

非常事態とはいえ、言うことを聞くと言ってしまったのは自分だ。舌の根も乾かぬうちに拒否したら、この疼く体を持て余す。

理央の体は既に、ルシエルの支配下にあった。

「み、見てるから……イカせて……くれ……」

「仰《おお》せのままに」

ルシエルは理央の耳元に囁くと、理央の体を激しく突く。

「んっ、んんっ……そこだけじゃ……」

二度とも、前後を愛撫されながら達した。だから今度も、ルシエルに突き上げられながら雄を扱かれて達したい。

しかしルシエルは、それを許さなかった。

「殿下。その手で何を掴むおつもりか？　もとの位置に戻しなさい」

「だって……」

「だっては禁止と申し上げたはず」

ルシエルは後ろの刺激だけで理央を欲望から解放させようと、彼の敏感な部分を集中して突き上げる。

「や、やだ……っ……こんなの……俺じゃない……っ」

理央は、腹につくほど勃起した自分の雄から大量に溢れる先走りを視界に入れたまま、首を

左右に振った。

「あなたのここは、早く放出したいと蜜を滴《したた》らせています。素直になりなさい」

「だめ……だめだ……だめ……っ」

理央は声を上擦らせたまま、自分の股間を凝視する。

快感に従順な性器は恥ずかしげもなくルシエルの動きに合わせてヒクヒクと動いた。

後ろだけでイクなんて……恥ずかしい……っ。

けれど、恥ずかしいことは気持ちのいいこと。

歯を食いしばって射精を堪えていた理央は、ひときわ激しく突き上げられ、自分の射精する瞬間を見つめた。

「力を抜いて」

ルシエルはそう囁いて、ゆっくりと理央から退《しりぞ》く。

そして、自分の吐精が溢れ出てくる後孔をハンカチで丁寧にぬぐった。

これは優しいと言っていいのか？　それとも単なる羞恥プレイ？

思考がまとまらない理央は、ルシエルに体を任せたままぼんやりと思う。

「さあ、もういいでしょう。いつまでもその格好ですと、風邪を引きます」

「誰がさせた格好だよ。……ったく。汗かいた」

理央は足の付け根で絡まっている下着を引き上げると、下草の上に置いてあるスラックスに手を伸ばそうとして呻き声を上げる。

「腰が痛い」

「では私が」

ルシエルはスラックスのファスナーを引き上げながら、冷静に呟いた。

その格好で言うなっ！　というか……格好いいヤツはどんなことをしても格好いいんだな。

理央は木の幹にしがみついたまま、切ないため息をつく。

「自分で穿けるから。……あれ？　靴がない。靴」

「靴もスラックスと一緒です」

「おう」

のろのろとした動きでスラックスを穿き、靴を履いた理央は、汗が滲んだ前髪を乱暴に掻き上げる。

「そろそろ……」

「しっ」

ルシエルは唇に人差し指を押し当て、片手で理央を抱き締めてしゃがみ込んだ。

「もうしないぞ」

「静かに」

ルシエルは理央の肩を軽く叩いて、少し咎《とが》めるように囁く。

理央は眉を顰めたが、彼が「静かに」と言った理由がすぐ分かった。

正装をした数人の男性が、こっちに向かって歩きながら囁くような声で話をしている。

英語で話しているので、耳を澄ましても理央にはさっぱりだったが、ルシエルは不愉快そうに目を細めた。

彼らはルシエルと理央に気づくことなく、会話を交わしながら脇を通り過ぎていく。

あれは王族の正装だ。パーティーを抜け出して、一体何を話してるんだろう。囁き声じゃ、言葉のニュアンスも聞き取れない。

理央はほんの少し頭を上げて彼らの服装をチェックした途端、ルシエルに頭を押さえられた。

危険です。

昼がそう動き、そういう……恥ずかしいことを堂々とするなって。

だから、そういう……恥ずかしいことを堂々とするなって。

理央は真っ赤になって俯き、指で地面に「の」の字を書く。

どれくらいそうしていただろう。

ようやくルシエルが、理央の頭を押さえていた手を緩める。

「ホールに戻りましょう」

「あの人たち、王族だろ？　誰だ？　何を話してた？」

「殿下には関係ありません」

「姉さんを襲おうっていうなら、関係ある」

「マリ様は大丈夫です。この話はもう終わりにしましょう。空腹ではありませんか？」

「そう言われてみれば……腹減った」

「そろそろ食事の時間です。私はあなたの隣に着席しますが、テーブルマナーには気をつけて」

ルシエルは腕時計に視線を落としたまま、理央に釘を刺す。

「あんなに大勢の人たちと食事をするのか？」

「当然です」

「でも、ま……。ルシエルが隣に座ってくれるならいいか。俺はルシエルがいないと困る」

「愛しているからと言ってほしいですね、殿下」

ルシエルは静かに立ち上がると、理央に手を差し伸べる。

理央はその手を摑んで立つが、頰を染めてそっぽを向いていた。

「それも……命令か？」

「いいえ。偽りの言葉はいりません」

あれ？　意外と誠実？　普通ならここで、言うことを強制するだろ？　なんで？

理央は拍子抜けした顔でルシエルを見つめる。

「どうされた？」

「俺にいろんなことをしておいて、そういうことを言うなんて……」

「おかしいですか？」

理央は慌てて首を左右に振り、「変じゃない」と呟いた。

「お、俺は……そういうルシエルは……結構……その……好き……」

ルシエルの目が大きく見開かれる。

理央はごまかし笑いをすると、彼を置いてぎこちなくホールへ走った。

ダンスでも緊張したのに、食事でも緊張するなんて。

腹が減っているのに食べた気がしなかった。

あとで厨房に忍び込んで、おにぎりを作ろう。おにぎり。……でなかったら、余ってるパンでもいい。……マナーを気にしないで、思い切り口に頬張りたい。

理央は食後のコーヒーを飲みながら、厨房の床に胡座《あぐら》をかいて夜食を食べている自分を想像した。

キャスリンがカトラリーでグラスを叩いて皆の注目を集める。

「今夜はドラマティックな一夜となりました。結果的に、物事は佳《よ》き方へ向いたと思います。では今一度、オーデンの新たな希望の光たちを祝福してください」

招待客たちはナプキンを置き、真理と理央に向かって拍手を送った。

理央は照れくさそうに曖昧な笑みを浮かべるが、真理は女王然とした表情で堂々としている。

反対派の連中は相変わらず拍手はしなかったが、今日の大事件は人々の心の中にしっかりと残った。

「庭の警備は？」

ルシエルは厳しい表情でトマスに尋ねた。

「騎馬隊の数を増やして、巡回してる」

「で？　あの花火屋はどう見ても普通の職人か？」

「ああ。グラント公に頼まれて、秘密裏に庭に待機したらしい。親切心から花火を上げたのに、こんな大事が起こるなんてと、すっかりしょぼくれていた」

「とばっちりを食ったというわけか」

「そっちこそ、マリ様を狙った犯人の素性はハッキリしたのかい？」

トマスは腕を組み、ルシエルを見つめる。

彼らはパーティーがお開きになった直後に部下たちに指示を出し、情報を集めたあと、理央の部屋に移動して物騒な会話をしていた。

「自分は個人的な女王反対派だ、の一点張りだ。だが、誰のつてで王宮に入ったかは、明日までにはハッキリするだろう」

「パットは？　今もマリ様の傍にいるの？」

「ああ。物凄い剣幕で、何があってもマリ様の傍から離れないと心に誓ったそうだ。恋は人を変えるものだな。羊のように大人しい性格のパトリックが、あそこまで熱血になるとは。いや驚いた」

だがトマスは、ニヤニヤと意味深な笑みを浮かべてルシエルを見る。

「なんだ、その顔は」

「君だってそうじゃない。来る者拒まず去る者追わず。ついでに性別関係なしで次から次へとフラフラ遊んでいた男が、真剣な顔で愛を語るようになったとは。しかし、本当にリオ殿下なのか？　それでいいのか？　父君に知られたらどうなる。ミサイルで撃ち落とされるぞ？」

トマスは両手で頬を押さえ、首を左右に振った。

「俺はそんなにフラフラしていたか？」

「うん。とっても。どこかに子供がいても不思議じゃないって思ったこともあった」

「そんなヘマをするか」

「そりゃね、殿下相手ならヘマもしないと思いますよ。どう頑張っても子供は出来ませんし。でも私はやはり反対だ。愛《め》でるだけにしなさい、愛《め》でるだけに。愛や恋は、私たちには向かない。パトリックにも、同じ事が言えるけど……」

「今更引き離せるものか。……真剣になるというのは、なかなかいいものだな。殿下に『ルシエルが傍にいないと困る』と言われた。にやけないようにするのが精一杯だった」

肩を竦めて微笑むルシエルに、トマスは呆れ顔を見せる。

そこに、バスローブを着た理央がやってきた。

「あれ？　トマスさん……まだいたんだ」

「そういう言い方は寂しいですね。……ほら、まだ髪が濡れている」

トマスは理央の肩にかけてあったバスタオルを摑むと、彼の髪を優しく拭いた。

「はは、ごめん。でも、明日も早いし。……英会話に乗馬、それと新しくフェンシングの学習が入るだろ？」

「明日は王宮を出ます」

ルシエルはトマスからバスタオルを奪うと、雫《しずく》の落ちる理央の頬をそっと拭って呟く。

「へ？」

「ダンスが上手に出来たご褒美です」

あんなに散々ダメだししておいて、言うことがそれか？　おいっ！

理央は一瞬理不尽に思ったが、王宮から出られることを素直に喜ぶ。

「観光かっ！」

「お忍びですので、観光客らしく振る舞ってください」

「やったっ！　やった、やったっ！　この国に来て、やっと観光ができるっ！」

「ルシエル……」

トマスは「この大事な時に…」と彼を睨むが、ルシエルは早口の英語で何かを言った。

「え……？　あ、ああ。そうだな。今日は今日で大変な一日だったからね。息抜きも必要だろう。パトリックにも、マリ様と気晴らしに出るよう勧めてみるよ。うん！」

　彼はルシエルに軽くウインクをすると、理央に深々と頭を下げて部屋を後にする。

「……トマスさんに、なんて言ったんだ？　あんな早口は反則だ。聞き取れない」

「ゆっくりでも聞き取れないではありませんか」

「一言多いっ！　……で？　なんて言ったんだ？」

「これからは一層ハードスケジュールになるので、ここで休んでおかなければ殿下の頭が大変なことになる、と」

　それならもう、すでに大変なことになってる。

　理央はそう言いたかったが、言ったら言ったで「学習した何かを、もうお忘れか？」と鋭く突っ込まれるので我慢した。

「ハードスケジュールか……。やっぱ、英会話が一番だよな。パーティーの時は、みんな気を遣って日本語で話してくれたけど、いつも気を遣ってくれるとは限らないし。にっこり笑って英語で悪口言われて分からないのは悔しい」

「全て学習すれば済むことです。私たちが日本語を覚えられたのに、殿下が英語を覚えられないのは変です」

　ルシエルは冷ややかに言うと、理央のためにミネラルウォーターを用意する。

「簡単に言うなっての。……でも、ルシエルがずっと傍にいてくれるなら、どうにかなるか」

理央は窓辺に向かい、カーテンの隙間から月を見上げて言った。

「そういう甘えは許しません。これは、命令ですよ?」

ルシエルはミネラルウォーターの入ったグラスを渡し、背後から優しく抱きしめる。

「優しいんだか冷たいんだか、ルシエルはよく分からない」

「でしたら、私についてもちゃんと学習なさい」

……知ってるって言ったら、アレか。アレのことだけだ。

理央は耳元でルシエルしか知らないから、こういうのはホモって言わないよな?」

「……殿下は鈍感なので、私はどう説明していいやら」

「なんだよ、その、呆れ口調は」

「命令ですよ、殿下。その鈍感をどうにか直しなさい」

「は?」

「私の言うことを何でも聞くと言ったではありませんか」

「どっちが王子でどっちが家来なんだか……」

たしかに約束したけど、こんな命令ってあるか? 英語を覚えるならまだしも、どうやって鈍感を直す? いやその前に、なんて失礼な事を言うんだ? こいつは……っ!

理央はちびちびとミネラルウォーターを飲みながら、ルシエルの腕の中で眉を顰める。

「なあルシエル」

「はい？」

「腹減ったから、一緒に厨房へ行ってくれないか？」

「今からですか？」

「そう」

「却下。こんな時間に食事をとると、スタイルにかかわります。国民は、FatなPrinceを求めておりません」

英単語交じりの日本語が、やけにかんに障る。

理央は強引にルシエルの腕から逃れると、「腹減った」を連呼した。

「食事を残す殿下が悪いのです」

「あんな、ズラーっと招待客が並んだ中で、バクバクとメシが食えるかっ！」

しかも、反対派の連中は、姉さんや俺が食卓で恥を掻かないかと、重箱の隅を突くような視線で見てたんだぞっ！

理央はムッとした表情で、ルシエルを上目遣いで睨む。

「水を飲みなさい。水を。そしてさっさとベッドに入る。寝てしまえば空腹は感じません」

「最悪……。俺のことを好きだとか愛してるとか言ったのは嘘か？　俺がこんなにひもじい思いをしているのに、ルシエルは俺のために何かしようと思わないのか？」

「では、空腹を忘れることを致しましょうか。あなたが気絶するまで責め立てるのも、楽しいかもしれません」

意地悪く笑うルシエルに、理央は咄嗟《とっさ》に片手で尻を押さえる。

一日一回でも大変なのに、二度もされたら明日の観光に差し障りが出る。

「意地が悪い……」

理央はグラスの水を一気に飲むと、空のグラスをルシエルに押しつけて寝室に向かった。

あー、腹減った。トマスさんなら、「じゃあ、少しだけ」って言って、食べるものを用意してくれたに違いない。俺が好きなら、少しは甘やかせってんだ。バカルシエル。大事にされないと、嫌いになるぞ。ああ、嫌いになってやるとも！

理央は空《す》きっ腹を抱えてベッドの中に潜り込み、心の中で散々悪態をつく。一人だから声を出してもいいのだが、余計なカロリーが消費されそうで嫌だった。

一国の王子が、ご立派な王宮で、ゴージャスなベッドの中で思うことが「腹減った」だって。笑えない冗談だ。ルシエルのバカ。鬼。ロッテンマイヤー。ああ、日本に帰ってラーメンライスが食べたい。炊きたてのご飯にタラコを載せて食べたい。豆腐とワカメのみそ汁を飲みたい。

刻みネギをたっぷり入れた納豆で納豆ご飯が食べたい。俺が好きなら俺のお願いを聞けっての。自分の欲求は勝手に満たすくせに、俺の欲求は無視かよ。やっぱ嫌いになってやる。

だらだらとそこまで思って、理央は目を開ける。

「俺、今……何を思った？」

恥ずかしっ！　嫌いになる、だなんて可愛いことを言うなっ！　俺のバカ…っ！

理央は一瞬空腹を忘れ、ベッドの中でゴロゴロと転がって気持ちを落ち着かせようとした。

「何をされているのか？　殿下」

ルシエルが寝室のドアを開けて、首を傾げながら入ってくる。彼はトレイを持っており、その上にはブリオッシュとコールドチキン、スープの入ったカップが載っていた。

食べ物だっ！

匂いに気づいた理央は、勢いよく体を起こす。

「ルシエル！　愛してるっ！」

理央はトレイの中身を凝視して叫ぶが、ルシエルはムッとした表情でサイドボードにトレイを置いた。

「こんなに甘やかしてあげましたのに、殿下は私よりも食べ物に愛を感じているとは」

「そ、そういう……わけでは……」

「では、私を愛しているとおっしゃるか？」

「な、何も言わない」

ルシエルはため息をついて、ベッドサイドに腰を下ろす。

「これ……食べてもいい？」

「あなた以外の誰が食べますか」

言葉は冷たいが、ニュアンスは柔らかい。

理央はだらしない笑みを浮かべて、ブリオッシュとコールドチキンに手を伸ばした。

それを無言で一気に口に入れる。

腹一杯とはいかなかったが、落ち着いた。

理央はスープの最後の一口を名残《なごり》惜しそうに飲み込み、ルシエルがナプキンを渡す前に手の甲で口を拭った。

「マナーがなってません」

「ここは俺の部屋だ」

「私はあなたの教育係です」

「トマスさんに謹慎食らった。しかも、俺に夜ばいをしやがったくせに」

ルシエルは「夜ばい」に首を傾げたが、冷静に言葉を続けた。

「自宅で謹慎をしていたわけではありません。これでも多忙なもので」

「ふうん」

何をして忙しかったのか気になったが、理央は軽く頷くにとどめてカップをトレイに置く。

「ごちそうさま。ありがとう。これで、どうにか眠れる」

「歯を磨いてらっしゃい」

ルシエルは理央の頭を優しく撫で回し、彼の頰にまだ残っていたブリオッシュの欠片を指先で落とした。

「子供かよ」

「子供ならば、もっと素直です」

「あ、そ」

理央はベッドから飛び降りると、ちらちらとルシエルを振り返りながらバスルームに向かった。


そこにいたのは、眠れる森の美女だった。

しっとりと輝くプラチナブロンド。銀糸にも似た長い睫《まつげ》。セレーネに寵愛《ちょうあい》を受けたエンデイミオンのように、カーテンから漏れた月光に照らされている。

「うーわー……」

理央は感嘆の声を上げて、自分のベッドに横たわって目を閉じているルシエルの顔を見下ろした。

見惚れるというのは、こういうことを言うのだろう。理央はドレッサーに備え付けてある椅子をベッド横に引っ張って座り、ルシエルの寝顔を見つめる。

飽きがこないというか、新たな発見があるというか、凄いなこの人……。

あまりじっと見つめていたから視線に気づいたのだろうか。

ルシエルは瞼を僅かに震えさせ、そっと目を開ける。

彼は理央を視界に入れた途端、とてつもない失敗をしでかしたような苦々しい表情を浮かべ、右手で顔を覆《おお》った。

「いろいろあったから疲れたんだ。寝てていいぞ。俺はもう少し、ルシエルを観察したい」

「……こんな失態は初めてだ」

「へ？」

理央は首を傾げる。寝ているだけで失態なら、世界中の人間は絶えず失態を繰り返していることになる。

「人間の気配に即座に反応できるよう訓練されているのに……」

あなたの気配に少しも気づかなかった。

ルシエルは続きの言葉を呑み込み、体を起こす。

「そういや……安心できる人の傍にいるとぐっすり眠れるんだって、母さんが言ってた。父さんがさ、よく母さんにもたれて昼寝をしてた。俺と姉さんは父さんと遊びたくてたまらなかったけど、母さんが『もうちょっとこのままで、ね？』って、照れくさそうに笑ってたっけ」

「陛下が？」

「うん。たまに寝ぼけて、右手をこうやって動かしてた。今思うとあれは、書類にサインをしている仕草なんだろうな」

理央は笑いながら、右手で何かを書くような真似をした。

「俺の傍にいて安心した？　だから気配に気づかず寝てた？」

ルシエルは返事をする代わりに理央に手を伸ばし、彼の首の後ろに手を置いて自分に引き寄せる。

「そうだと言ったら？」

「なんか、可愛い」

理央の言葉にルシエルはしかめっ面《つら》をした。

「言うべき言葉は別にあるのでは？」

「そういうのって、嬉しい」

「そうではなく」

理央は間近でルシエルを見つめ、数秒後に顔を真っ赤にする。

「言わない」

「殿下は、destiny partnerというものをご存じですよね?」

「ええと……知ってます」

「鈍感殿下」

ルシエルはそう呟いて微笑むと、理央の唇に自分の唇をそっと押しつけてすぐ離した。

「愛しています」

彼は呟きながら、理央の体をベッドに引っ張り込む。

「バカ。そんなことを言われても、何もしないぞ」

「分かっています。もう寝なさい。明日は朝から観光です」

着替えないで寝るのか? おい、ルシエル。……って、もう寝息を立ててる。

理央はルシエルに腕枕をされたまま、彼を見上げた。

空調の効いた部屋では、人肌が気持ちいい。

まあいいか。ルシエルが傍にいると、俺も安心する。

理央はルシエルにぴたりと寄り添い、目を閉じた。

理央は怒っていた。

理由はたくさんある。

チェックのシャツにストーンウォッシュのジーンズ、黒縁の伊達眼鏡《だてめがね》という、信じられないくらいセンスの悪い格好をさせられたこと。

二人で観光なら、いくらでもワガママを言えただろうに、姉と一緒なこと。

そして、その姉が理不尽な怒りを自分にぶつけていること。

数えだしたらきりがない。

「もう最悪。なんで私が、この美しい黒髪を三つ編みして黒ゴムで結ばなくちゃならないの？　しかもジーンズがストーンウォッシュのスリムジーンズっ！　こんな流行の化石みたいなパンツをよく見つけてきたものだわっ！　パットにお願いされたのでなかったら、絶対に穿かないのにっ！　しかもこの黒縁眼鏡っ！　どうなってんのよ！　理央っ！　私はパットと二人っきりで観光だと思ったのに、なんであんたと一緒なのよ！　あんたとっ！　えい、苛めてやる」

被っていた猫をすっかり剝がした真理は、理央の肩や頭をポカポカ叩きながら「ルシエル、説明しなさいっ！」と、こぢんまりとした車を運転しているルシエルに怒鳴った。

「数時間後にはパトリックと合流できますので、それまでご辛抱願います。それと……」

「何よっ！」

「リオ殿下の頭を叩くのはおやめください。せっかく学習したことを忘れられては困ります」

「あ……、そうね。これ以上悪くなることはないと思うけど……止めておくわ」

真理は、しかめっ面《つら》で自分に叩かれていた理央の頭をよしよしと撫で、シートに沈み込む。

「どうやって王宮から出るのかと思っていたのよ。リムジンだと目立つし、衛兵交代式を見に来ている観光客にもバレちゃう。……ダッサイ格好でカメラを持って軍のジープに乗れば、そりゃ目立たないわ。軍関係のカメラマンだと思われておしまい」

「『殿下たちをそんな車に乗せるのか』と言う父たちを説き伏せるのが大変でした」

ルシエルはミラー越しに後部座席を見て苦笑する。彼も今は、ボタンダウンのシャツにコットンパンツというラフな格好で、サングラスをしていた。

「途中でもう一人乗せますが、単なる観光案内なのでお気になさらぬよう」

ルシエルはそう言ったが、真理と理央は思い切り気にした。

なぜなら、彼が助手席に乗せたのは自分の妹・マリエルだったのだ。

「両殿下、ご機嫌麗《うるわ》しゅう。グルメ観光担当のマリエルと申します」

シートベルトもつけずに後ろを向いてニコニコと微笑む彼女に、理央は頬を引きつらせて尋ねた。

「マ…マリエルさん。学校は？」

「うふふ。お気になさらず。そうそう、甘いものはお好きですか？　それとも、絶景のデートスポットをご案内しましょうか？　それとも、まずは一日海まで行きます？　オーデンには、最高のリゾート施設がたくさんあるんですよ！」

「……リゾート地とデートスポットはパットに連れて行って貰うわ。だから今は、甘いものっ！　今日一日はダイエットを止めるわっ！　マリエルちゃん、甘いものにしましょうっ！あ、その前に……このダッサイ服を着替えたいっ！」

理央はあまり甘い者は好きではないのだが、姉に対して奴隷《どれい》属性を持っているので仕方なく頷く。

「はいはーい。了解です！　お兄様、トワルデパートに向かってくださーい！」

「あそこは一般客と観光客で……」

「だからいいのっ！　有名ブティックに入ったら、一発で殿下だってバレちゃう。でも日系観光客の多いトワルに紛れ込めば分からない、ですよ？　さっぱりした顔に黒髪ばっかりだもの」

女性が買い物に関して強い発言権を持つのは、この国でも同じらしい。

ルシエルはしかめっ面《つら》のまま、小さく頷いた。

真理曰《いわ》く「ダッサイ」服から、黒縁眼鏡を外すことは許されなかったが、Tシャツと「普通」のジーンズに着替えた殿下たちは、デパートの鏡に映る自分たちの姿に安堵した。

「いいわね、このデパート。リーズナブルで可愛い服がいっぱいある」

「でしょう？　私もたまに、お友達とアクセサリーを買いに来ます。こんな可愛い指輪がいっぱい売っているの。三ユーロなんですよー」

マリエルはガラスビーズで作られた可愛らしい指輪を真理に見せて、美少女らしい華やかな笑顔を見せる。

「マリエル。そんなくだらないものを買うな。アクセサリーなら、父上と母上がいくらでも買ってくれるだろうに」

本物志向なのはルシエルらしいが、彼は「チープでも可愛いものは欲しいのよ」という女心が分からない。

彼は二人の女性に「男ってこれだから……」という視線で見つめられ、小言の口を噤《つぐ》まざるを得なかった。

「では、スイーツです。マリ様！　このデパートの地下に、旅行ガイドに載っていないケーキ屋さんがあって、もう最高なんですよー」

「あら。それは是非食べたいわ。それと、マリエルちゃん。ここで私を『様付け』で呼ぶのは

止めた方がいいわ。……日本人がこんなにたくさん」

真理は左右を見てから、小さく笑う。

「では……マリさん？　ああ、お父様に知られたら怒られちゃう」

彼女は慌てるマリエルに「私が許します」と言って、二人仲良く手を繋ぎながら地下へ向かった。

「え？　あれ？　おい、ルシエル。追いかけなくていいのか？　姉さんに何かあったら……」

「マリエルはああ見えて、体術と銃器のプロフェッショナルで、陸軍の教官をしています」

「未成年が……軍の教官……」

「未成年ではありません。彼女はあなたよりも年上です。十八で大学を卒業し、そのまま趣味の道に進みました。ウォーリック家の血です」

スキップ卒業……、しかも体術と銃器の扱いが趣味……。分からない。ウォーリック家がよく分からない。

理央はルシエルにもたれ、深く長いため息をついた。

「殿下は、甘いものは？」

「あんまり好きじゃない。それとルシエル。俺を殿下と呼ぶな。さっきから日本人観光客が、ちらちらこっちを見てる」

観光客たちがルシエルを見ているのは綺麗だからで、殿下に反応しているのではないが、理央はそれを言う気はなかった。

「では、リオと呼び捨てに」

「外見的に、そうだろうな。ああそうだとも。俺たちはゲイのカップルか、仲のいい先輩後輩だ。呼び捨てで結構。呼び捨て万歳」

「なんですか、その投げやりな言い方は。『さん付け』で呼んでほしかったのですか？」

ルシエルは意地の悪い笑顔を浮かべ、ジューススタンドに向かう。

「そうじゃなくって……」

言葉を続けようとした理央の耳に、懐かしい日本語が聞こえてくる。しかもその声は、「オーデン国の殿下」の話をしていた。

デパートの中央は、一階から最上階まで吹き抜けになっている。その一階隅にあるジューススタンドの、安っぽいベンチに座って、数人の女性が「殿下」について語っていた。

理央の耳は自然と「ダンボ」になる。

「ここの王子って、日本人なんだってー」

「知ってるよ、お葬式の様子が新聞や週刊誌にでっかく載ってたじゃん。結構いい男って感じ」

「でもさ、お姉さんが跡を継ぐんでしょ？　久しぶりの女王様だって、昨日行ったカフェの店員が言ってたじゃん」

「じゃあ、王子様はどうなるの？」

「知らない。縁起が悪い王子らしいっていうけど、どう縁起が悪いの？」

「そう言えば、今朝の新聞には『Princeなんとかかんとか』ってタイトルで、王子様が誰かを投げ飛ばした写真が載ってた」

「そんな乱暴者じゃ、縁起が悪いって言われても仕方ないねー」

彼女たちは真後ろに「縁起の悪いオマケ王子」がいるとも知らず、大きな声で笑った。

馬鹿野郎ーっ！　この国は日本語が分かる人がいっぱいいるんだぞっ！　撤回しろ！「乱暴者」と言ったことを撤回しろっ！

理央は顔中に怒りマークを付けて、大声で怒鳴りたいのを辛うじて堪える。

「はい、飲み物。……どうかしましたか？　メロンジュースが嫌なら、私のグレープフルーツジュースと交換して……」

「俺の真後ろにいる日本人が、俺の噂話を大声でしてた」

「話なら私もスタンドの店員から聞きました。未来の女王様を守るとは素晴らしい。縁起が悪いどころか、最高の殿下だと誉めてました」

「本当？」

「ええ。オーデン人は暢気《のんき》で温厚な気質なので、嘘偽りは申しません」

「そうか……」

理央は途端に相好《そうごう》を崩し、はにかんだ微笑みを見せた。

「今朝の新聞を読まなかったのですか？　毎朝、必ず新聞を読むようにとお願いしたはず」

「忘れてた。でも今朝だけだ今朝だけ」

「あれをご覧なさい」

ルシエルはベンチに腰掛けて優雅に足を組むと、吹き抜けにぶら下がるよう綺麗にレイアウトされている広告パネルを指さす。

新商品の広告だとばかり思っていた理央は、自分が暴漢を倒している姿がひときわ大きなパネルになっていたので驚いた。

「何あれ……」

彼はルシエルの隣に座り込むと、「恥ずかしい」と顔を赤くする。

「昨日の今日で、よく作ったものです。無許可だと思いますが、王室執務もあれならば許すでしょう」

「悪い。『理央殿下が暴漢を倒す。真理殿下は無事。素晴らしい』の後は、なんて書いてある？　知らない単語がいくつかあって……エクセレントとか書いてあるから、けなされてないとは思うんだけど……」

「知らない単語ではなく、忘れた単語では？」

ルシエルは理央の頭を乱暴に撫でてため息をつくと、パネルに書かれた言葉を翻訳した。

「我が国には長子でない王子は忌《い》み嫌われる風習があったが、リオ殿下はそれを見事に覆《くつがえ》した。彼は姉にして未来の女王を守るべく、武士道精神で暴漢に立ち向かい、見事倒したのだ。彼は私たちのインタビューにこう答えた。『姉を守り、補佐するのが私の役目です。それは、姉が女王になっても変わりはありません』。素晴らしい。そんな高潔な王子が、この国に内乱をもたらすはずがない。我々は声を大にして言う。素晴らしい王子のいる女王の御代に栄光あれ」

「……王室プロパガンダだ。いいのかよ、こんなことをして。それに俺は、誰のインタビューにも答えてない」

「キャスリン様が仕組んだことでしょう。よかったですね、これからは縁起が悪いと言われませんよ」

「けど……」

「国民を味方につけることが出来なかった王室の末路は、ご存じだと思いますが」

「恐ろしいことを言うな、恐ろしいことを。……もういい。姉さんが無事に女王になれるなら、俺は喜んでダシになる」

「私が傍にいますから、ご安心を」

スマートにキザな台詞をよく言うよ。でも……安心する。

理央は肩を竦めてみせると、カップに入ったジュースを飲んだ。

親日国の上に羊のような穏やかな気質の国民たちは、日本人観光客を相手にしては、真理や理央のことを自分の子供や孫のように親しげに語った。

彼らは流ちょうな日本語で話すので、聞こえてくる会話は理央の耳にこそばゆい。

「私たちの未来の女王って最高」と言っているのに、黒縁眼鏡をかけた真理が傍を通り過ぎてもまったく気づかないのが、少し可笑《おか》しかった。

真理はそんなことは気にせず、石畳のアンティークな町並みを真剣に観察しつつ女土らしい発言をする。

「石の文化って凄いわね。見てご覧なさい、理央。ここ、十四、五世紀の建物よ。素晴らしいわ。国で保護出来ないかしら……」

彼女は古ぼけた教会の壁を指でなぞり、感嘆のため息をついた。

「ここは聖トレシアン教会といって、ゲイの司教が信徒に撲殺された場所も残ってるんです。夜になると、殺された司教が愛する少年を求めてさ迷うらしいです」

扉を開けて中に入ろうとした理央は、頬を引きつらせて後ろに下がる。

「ゲイだなんて、ずいぶんチャレンジャーな司教だったのね。ま、私たちには関係ないけど。ねえ、理央」

そこで俺に話を振るなっ！

理央は、「男〜」と呟きながら王宮を徘徊《はいかい》する幽霊姿の自分を想像して、恐ろしくなった。

「まあ……本懐を遂げられずに死ぬと、幽霊になってさ迷うっていうのは、どの国も似たようなものかしら……ん？　理央どうしたの？　もうおなかが空いたの？　さっき食べたばかりじゃない」

「食べたのはチョコパフェ」

「え？　リオさん……あのチョコパフェはまずかったんですか？」

「いや、美味しかったよ」

しかし甘党でもない限り、男が喜んで食べるものではない。理央はやっとのことで半分食べ、コーヒーを飲んでいたルシエルに残りを押しつけたのだ。

「塩辛いものでしたら、シャイニン・ロックス名物のフリッターです！　ふわふわの衣で揚げられた新鮮な魚介は、もうそれだけでビールが何杯も飲めちゃいます。お兄様。シャイニン・ロックスへ行くわよ」

「その前に、連絡を入れるところがある」

ルシエルはパンツのポケットから携帯電話を取り出して、わざわざ理央たちから遠く離れて電話をかける。

「おなかが空いたなら、ルシエルと一緒に行けばいいんじゃない？　私はマリエルちゃんと文化財を観光したいなぁ」

「そっか。けど……道行く人にホモカップルと思われるのも困るな」

「私の美貌には及ばないけれど、あれだけ綺麗なら許しちゃう。というか、理央。ホモじゃなくてゲイと言った方がいいような気がする」

姉さん、あなたはついさっき「ゲイは自分たちに関係ない」と言ったばかりではありませんかっ！　舌の根も乾かぬうちに、撤回宣言は止めてください。

ある意味、姉にお墨付きを貰った理央は、衝撃のあまり固まった。

「そういう微妙なカップルを含めて、オーデンではdestiny partnerと呼ぶんです」

マリエルがにっこり微笑んでトドメを刺す。

「便利な言葉ね。だから流行語でなく一般に浸透するのか。凄い凄い。いいんじゃない？」

姉さん、凄くありません。オーデン国国教は、キリスト教なんですよ？　女王自ら、そういう発言をしてはダメっ！

いろんな意味で気が遠くなりそうな理央の元にルシエルが戻ってくる。

「マリ様。ここでパトリックと合流します。二十分ほどお待ちいただけますか？」

パトリックの名を聞いた途端に真理の瞳が輝いた。

「いつまでも待つわ」

どれだけ急いだのか、パトリックの姿は凄かった。

綺麗に整えられている髪はボサボサで、ワイシャツの裾はスラックスから半分出ていた。

それでも真理にとっては「王子様」で、彼女はかいがいしくパトリックの身だしなみを整え、仲良く手を繋いで文化財巡りへと出かけた。

残された三人は取り敢えず車でシャイニン・ロックスへ向かう。

「あーあ。いいなあ。マリ様。私もパットのような素敵な恋人がほしい」

「お前より強い男が、そうざらにいるか」

「リオ殿下！」

後部座席に移動したマリエルは、助手席で車窓を楽しんでいた理央を指さした。

「え？　俺？　強くない強くない」

「昨日は強かったです！　アイキって凄い。殿下カッコイイ！」

妹の無邪気な賞賛に、ハンドルを握っていたルシエルの顔が険しくなる。

「あー……ええと……、そりゃ俺は実戦もやってますが、そもそも合気道というのは、戦うためのものでなく、己の……」

「マリエル。この道をまっすぐでいいのか？」

慌てる理央の声を遮り、ルシエルが大きな声を出した。

「そうよ。海が見えるまで道なり。海岸通りに駐車場があるから、そこに車を停めて歩きましょう。可愛いお店がいっぱいあるの」

「海を見るなんて、何年ぶりだろう。俺、スキューバをやってみたいんだ」

「ヨットかクルーザーになさい。王が所有していたものが、何艇かあります」

「へえ……。スキューバとクルーザー……どっちも捨てがたい」

「どちらにせよ、ライセンスを取得してからの話です」

俺が取れないと思ってんだろ。教えるのはそっちだぞ、ロッテンマイヤー。

理央が心の中で悪態をつく。

「では私が操縦してあげます。一緒にデートしましょう」

マリエルが後ろから身を乗り出して言ったので、ルシエルの顔はますます険しくなった。


「あれが、輝きの岩か。海の反射で本当に光ってる。すげー」

人間、凄いものを見ると口が開いてしまう。

理央はぽっかりと口を開けて潮風を浴びながら、海の玄関口となっているシャイニン・ロックス・シティーのシンボルを見上げた。

「うわっ！　軍艦も停泊してるっ！　すっげー、でっけー！」

「乗艦したいなら、今度させてあげますから。今はその口を閉じなさい」

「あ、ごめん。……あれ、マリエルちゃんは……？」

その無邪気な仕草で「ちゃん付け」したくなる彼女は、早速露天の店先を冷やかしていた。

「綺麗というか可愛いというか、天使みたいだなあ」

「あなたの傍にいるのは私です」

理央は、ムッとした表情で呟くルシエルを見上げ、意地の悪い笑みを浮かべる。

「なんですか。その下品な微笑みは」

「妬《や》いてるんだ」

「は？」

「ルシエルは、俺がマリエルちゃんを可愛いって言うから妬いてる」

「また馬鹿なことを」

ルシエルはそっぽを向いて髪を掻き上げるが、その表情はどう見ても拗《す》ねているようにしか見えなかった。

「可愛い」

「あなたの可愛らしさには負けます」

「バ……バカ言うな……っ」

優勢に立ったと思ったら、すぐさま形勢逆転。理央は真っ赤な顔で俯く。

「クルーザーでしたら、私が操縦します。二人きりで海の上というのも、なかなか」

「釣りしかしないぞ。他のことは絶対にしない」

「私はまだ、何も言ってません」

ルシエルは優しく微笑みながら、潮風に煽られた理央の髪を梳いた。

「最初に言っておかないと、とんでもないことをするじゃないか」

「忠告されても、命令には従っていただきます」

「う……」

「太陽の下で、あなたがどんな風に身悶えるのか早く見たい」

耳元に囁かれて、理央はエビのように後ずさる。

「今日は観光なんだから、余計なことを言うな」

「そんなに恥ずかしがらなくても」

ルシエルが、楽しそうに声を立てて笑った。

「ではさっそく、フリッターを食べに……って、お兄様が笑ってる」

マリエルはルシエルの腕に絡みついたまま、目を丸くする。

「俺はかなり笑われてるんだけど。驚くことでもないだろう？」

「いいえ！　お兄様って……こんな風に笑わないですよー。嵐の前兆？　怖い……」

道行く観光客たちが見惚れる笑顔を「怖い」とは。ルシエルの笑顔はそんなに珍しいものなのか？

理央は眉を顰めてマリエルを見た。

「ご飯、食べましょう。ここの通りの店ははずれがないので有名だけど、その中でもとびきり美味しいフリッターを出す店があるの」

マリエルは二人の手を引っ張って歩き出す。引っ張る力が強い理由は、理央はあまり考えたくなかった。


大皿に載ったエビ、ホタテ、白身魚のフリッターに、イガがついたままのウニ。そば粉で作られた小振りのパンケーキ。サラダはバケツほど大きなボウルに盛られ、ソフトドリンクはビールジョッキほどもあるグラスにたっぷりと注《そそ》がれている。

店の中は地元の人間と観光客でごった返し、自分たちの話に夢中で、理央が眼鏡を取っても誰も気づかない。

「ウニを生で食べるのは、イタリアの一部と日本、そしてオーデンだけという話です。こんな美味しいものを生で食べないなんて、勿体ない」

「俺は熱々のご飯の上に載せて、ウニ丼にしたいなあ……」

「いやそれは」

「私もちょっと……」

兄妹は気味の悪そうな顔で揃って首を左右に振った。

「まあ、好きずきがあるからな。いただきます」

理央が料理に手をつけてから自分たちも食べ始めるところが彼らしい。

それからしばらく、三人は黙々と目の前にある大量の料理を食べ続けた。

フリッターの大皿は、二十分後にはすっかり空になる。

理央はナプキンで口を拭いながら、兄妹を観察した。

顔もよく似ていれば食べ方も似ている。理央は、彼らが同じタイミングで動く姿に笑いを堪えきれなかった。

「なんですか。食事中に笑い出すとは」

「だって二人とも、食べ方がそっくり」

「兄妹ですから」

「お母様も、よくそうやって笑うんですよ？　『あなた達は、二人揃ってお父様そっくりの食べ方ね』って」

それを聞いた理央は身を乗り出す。

「俺も！　母さんがさ、俺が飯食ってるときに『理央の食べ方って、お父さんによく似てる。真理は、せっかちな私に似ちゃって困ったわ』って。なんでわざわざそんなことを言うんだろうって思ったけど、晩餐会《ばんさんかい》が始まって分かった。さっさと食べちゃうと、次の料理が運ばれてくるまで間が持たないんだよなあ」

理央は子供のような顔で笑うと、パンケーキにサラダをくるんで頬張った。

「レストランで食事をされたことはないんですか？」

「んー？　父さんは俺が作る料理が一番美味しいって言うから、いつも家で食べてた。友達同士でも、レストランになんか入らないし。家庭料理が一番だよなあ」

「ですよね！　私のお母様も、料理人に任せずに自分で作るんです。それをよく思わない人もいて、凄く腹が立つっ」

彼らの母も一般人だったのを思い出した。

理央は深く頷くと、「マリエルちゃんも、お母さんに似ていいお嫁さんになる」と宣言する。

「でも……私は料理がへたで。お母様のように出来ないのが困りもの」

「お前の料理は最終兵器。俺はいつでも喜んで戦闘機に搭載し、反対派の屋敷に投下してやる」

「お…お兄様……酷《ひど》い……」

「今、『俺』って言った……」

呟いた理央は、パンケーキのくずを唇につけたまま真っ赤になった。

エッチ以外で、初めて「素」のルシエルを見た……っ！「俺」だって。今まではずっと澄ました表情で「私」だったのに。言葉遣いが悪いって、俺を叱ってばかりなのに。ルシエルでも、身内の前では「素」に戻るんだ。庶民と同じじゃないか。というか、俺とお揃い？ うわっ、お揃いっ！ なんか、凄く嬉しいっ！ もっと「俺」って言わないかな？ でも、二人っきりの時に「素」でしゃべられたら恥ずかしいぞっ！ きっと、どうしようもなく恥ずかしいぞっ！

理央の顔はどんどん赤くなり、冷たいソフトドリンクを飲んだだけではクールダウンしない。

「殿下……？」

マリエルが不思議な顔で理央を覗き込むが、ルシエルは理由が分かったようだ。

彼は伝票の上に何枚も紙幣を置くと、立ち上がる。

「マリエル。お前はもう帰れ。午後からは、俺とリオの二人で行動する」

ぎゃー、「素」だ！「素」のルシエルだっ！ しかも「お兄さん」してるっ！「殿下の教育係」でも「軍人」でもないっ！ どうしよう天国の父さんっ！ 俺は今、庶民のルシエルを、大変、とっても、限りなく好きですっ！

理央はもう、見ている方が気の毒になるほど顔を真っ赤にした。ルシエルが「俺」と言うたび、心臓が高鳴って体温が上昇する。そのうち、店の厨房の大鍋で茹《ゆ》でられたタコイカのように湯気が上がってしまいそうだ。

「え？　まだ案内したい場所が……」

「ほら、俺が小遣いをやるから、好きなアクセサリーを買って買い食いして、タクシーで帰れ。知らない男の車にほいほい乗るんじゃないぞ？」

「本当にそれで……」

マリエルが言い切る前に、理央も立ち上がった。

そして、客でごった返す店内を掻き分けるようにして、物凄いスピードで店を出る。

眼鏡は忘れたが、今の真っ赤な顔では必要なかった。


「リオ、先に行くな」

「行くって。絶対に先に行くってっ！　海ーっ！」

理央は真っ赤な顔で怒鳴ると、砂浜に向かって走り出す。

顔だけでなく首まで赤くした彼は、デッキチェアに横たわって愛を語らう恋人たちの間を障害物競走のように飛び越え、服を着たまま海に飛び込んだ。

「バカっ！　そのままだと溺れるっ！」

さすがは鍛えられた軍人。

ルシエルはすぐさま理央に追いつくと、沖に向かおうとした彼の腕を掴み、力ずくで浜辺に連れ戻す。

理央は地引き網に引っかかった巨大魚のようにルシエルに引きずられ、浜辺に戻った。

浜辺で日光浴や散歩を楽しんでいた人々は、最初は驚いたが、すぐに自分たちの世界に戻ってのんびりする。

「服を来たまま海に入ったら溺れることを知らないのか？　おい」

浜辺に引きずったまではいいが、理央は何度も海に向かおうとする。彼の顔はまだ赤く、何かとんでもないことを言いそうに震えている。

「今の時期は、誰も海に入らない。ほら、もうこんなに冷えて」

「俺、平気だしっ！」

理央はルシエルの腕を振り解《ほど》いて、再び海に向かった。

海と浜辺のバカバカしい往復を何度も繰り返したところで、業を煮やしたルシエルは、彼を荷物のように乱暴に肩に担ぐ。

「車に戻るぞ」

「俺、海好きだしっ！」

「わけの分からないことを言うな」

「嫌だっ！　俺は海に入らなきゃっ！　そうでないとおかしいっ！」

ルシエルは理央の尻を叩くと「俺の言うことを聞け」と苛立たしげな低い声を出した。

また言ったたっ！「俺」ってまた言ったたっ！　しかもため口っ！　王子にため口っ！　でも凄く嬉しいっ！　今のルシエルは、ただの一般市民だ。日本にいたときの俺と同じだっ！

理央の口から悪態は一つも溢《こぼ》れない。

彼は押し黙ると、真っ赤な顔のまま大人しくルシエルに担がれた。


「ったく。何だっていうんだ？　この時期の波は高いし、引きも強い。もしものことがあったらどうするっ！　お前は家族を悲しませたいのかっ！」

ルシエルはジープに備え付けてあるグレーの薄い毛布で理央の体を包むと、車内に押し込んで怒鳴った。

「いや……そうじゃなく……」

「俺が軍人でよかったと思え。普通の男なら、お前を海から引っ張り上げて肩に担ぎ、砂浜を歩き続けることはできない」

「だから……その……」

理央は毛布で顔を隠し、蚊の鳴くような声を出す。

「一体何があった？　言ってみろ。聞くだけ聞いてやる」

「だって……ルシエルが……」

「ああ？　俺が何かしたか？」

「その……『俺』って言った。言葉遣いも……乱暴だし……」

「バカ。軍人が丁寧語を話すのは公式の場だけで……は？」

ルシエルは気の抜けた声を出すと、潮水が滴《したた》る髪を乱暴に掻き上げた。

「ロッテンマイヤーでなく、一般人になった。教師でも軍人でもない。俺は『素』のルシエルは、エッチの時しか知らないから。あ、ほら、でもあのときでも敬語を使ったりするしっ！」

理央の体は冷えているのに、顔だけが真っ赤で、焼け付くように熱い。

ルシエルは苦笑を浮かべて黙った。

「なんか、すっげーカッコイイって思ったら、顔が真っ赤になって、心臓がドキドキして居ても立ってもいられなくなった。……ガキだ。信じられないガキだ。それで……」

理央は毛布から真っ赤な顔を出し、潤んだ瞳で彼を見つめる。

「ルシエルが凄く好きだって思ったら……姉さんにヘッドロックを決められたときみたいに息が苦しくなって、気が遠くなって。こんな苦しいのに、どうして俺は陸にいるんだろうって。

息が出来なくて苦しいのは水の中じゃないかって……それで……」

「バカ」

ルシエルは、誰にも見せたことのないだらしない微笑みを浮かべ、理央の額に自分の額を押しつけた。

「さ、触るな……苦しい。溺れる」

「鈍感め。やっと気づいたか？」

「え……？」

「お前は俺を愛している」

「お、お前……なんて……言うな……っ」

ヤバイヤバイ信じられないくらいヤバイ。死にそうなほどヤバイ。ルシエルが格好良すぎて、俺はもうどうにかなりそう……っ！　好きだ。スゴイ好き。「俺」だって。庶民のルシエルが一番好き……っ！

理央は恥ずかしさのあまり、両手を突っぱねてルシエルから距離を置こうとするが、逆に力任せに抱きしめられる。

「本当に……溺れるんだ。苦しい、ルシエル。俺……もう……」

「『もう』、なに？」

ルシエルは理央の髪を両手で掻き上げ、キスの準備をした。

「大変なことに……なった。……ルシエルが……」

理央は自分から強引に顔を寄せ、彼にキスをする。そのキスはすぐに離れた。

「す、す、好き……だ。どうしよう俺、こんなに苦しいのに好きだってっ！　もう息が止まるぞっ！　信じられないほど好きだっ！　それと、俺が溺れ死んだら、お前のせいだっ！」

「一生かけて、責任を取る。俺は独占欲が強い。お前が嫌がってもずっと傍にいて、いつもこうして……抱きしめ、そしてキスをする」

ルシエルは片手で理央の顎を上げ、噛み付くようにキスをする。

車内は狭くて居心地は最低だが、今だけは我慢できた。

「どうしようルシエル。……死ぬほど好きだ。もうホモでもなんでもいい。ルシエルと一緒にいられるなら、何でもいい」

理央はルシエルにすがりつきながら、今まで言わなかった埋め合わせをするように「好き」を繰り返す。

「好きじゃなく、愛していると言え。俺は理央の口から聞きたい。言え」

「あ……愛してる……っ。俺はルシエルを愛してる……っ！」

ルシエルは力任せに理央を抱きしめ、今度は胸が切なくなる優しいキスを理央に与えた。

ずぶ濡れの砂まみれで王宮に帰った二人は、侍従たちに驚愕《きょうがく》され、トマスに怒られた。

「まったく！　この季節に海に入って遊んだ？　殿下が風邪を引いたらどうする気なんだい？

ルシエルっ！　こっちはついさっきまで大変だったのにっ！」

「その話は、まず殿下をバスルームに入れてからだ。体が冷えていますから、少し熱めのシャワーを浴びてください。髪の中にも砂が入っているから、シャンプーも丁寧に」

ルシエルは理央をバスルームに入れてから注意をすると、返事も待たずにドアを閉める。

「で？　どうだった……？」

「反対派は一網打尽《いちもうだじん》だ。それにしても、どこで王宮占拠の決定日時情報を耳にしたんだい？

執務室のメンバーでは日付までは分からなかったから、みんなやきもきしていたんだ」

トマスは意味深な視線でルシエルを見るが、彼は曖昧に微笑んで「偶然だ」と答えた。

まさか「夕べ、庭の木立で殿下とセックスした後に聞こえてきた」とは言えない。

「ふうん。……でも、マリ様とリオ殿下を王宮から連れ出したのはいい考えだったね。万が一のことがあったら困るもの」

「マスコミの方は？　ちゃんと戒厳令は出したんだろうな？」

「キャスリン様自ら、全てが明らかになったら、何もかも話すって書面を送ったよ」

「あのばあさんは……本当に、やることが凄い」

「でも国民に人気がある」

「王室は、映画スターと同じだ。人気がなければ見向きもされずにゴシップばかりを流される」

「その点は心配ないだろう。未来の女王と『オマケの王子』の人気は凄い。あとは君が、殿下に対して行っている性的嫌がらせをバラされなければ……」

トマスは咎《とが》めるように言うと、ルシエルの濡れた胸を軽く小突いた。

「なんだその不愉快な言葉は。俺たちはだな、トマス。国家的極秘情報の間柄となった」

「へ……？」

「つまり、身も心も恋人同士だということだ。今日、殿下と確かめ合った」

「わーっ！　ルシエルっ！　君は殿下に何をしたっ？　あれほど愛《め》でるだけにしておけと言ったじゃないかっ！　これがバレたら、ウォーリック家が廃爵になるだけじゃ済まない！　もーっ！　何をやってんだよっ！　軍人なら、もっとストイックに行動しろっ！」

トマスはルシエルのシャツを掴んで前後に揺らす。

「愛の前では、人は誰もが素直になるものだ。さて、トマス。君にはたくさんの仕事が残っているはずだ。まずはそれを、父君やスタッフと一緒に片付けるのが先ではないか？　部屋から出て行ってくれ」

「人に心配ばかりかけてっ！　君は子供の頃からそういう人間だったっ！」

「ははは。見限らずに友人を続けてくれて感謝している。愛しているぞ、トマス」

「いや、君の愛は別にいらないから」

トマスはため息を漏らすと、「絶対にバレるなよ」と釘を刺して部屋を出た。

「さて。俺もシャワーを浴びるとするか」

ルシエルはぐっしょりと濡れたシャツのボタンを外しながらバスルームに向かった。


三度目のシャンプーで、どうにか髪から砂は落ちたようだ。

理央は安堵のため息をついて、日本にしたら六畳ほどのバスルームを見渡した。

年代物の王宮の中で、最先端の文明の利器が置いてある場所は、バスルームとトイレだと思う。テレビは付いているしジャグジーになってる。リモコンで窓も開くし電話も受けられる。トイレに自動洗浄機がついてたのは、やっぱり親日国だからか？

理央はそんなことを思い、豪華な飾りの付いた棚からバスタオルを取り出した。

「もう終わりですか？　殿下」

ルシエル来たっ！

理央は彼の声を聞いた途端、一目散に湯船に飛び込んだ。

そして向こうずねを浴槽の縁にしたたかぶつけて、呻き声を上げる。

「な、なんで入ってくるんだよ……」

「私も潮水と砂で汚れましたから」

「じ……自分の部屋に行けば……」

背中を向けたまま言い返す理央は、ひやりとした感触に体を縮ませた。

「俺は、お前とずっと一緒にいたいんだ」

反則の言葉を耳元に低く囁かれては、理央は頷くしかない。

「何も……するなよ……？」

そう言うだけで精一杯だった。

なのにルシエルは鼻で笑うと、何も言わずに全裸になってシャワーを浴びる。

何これ。なんだこれ。まるで絵に描いたような新婚じゃないか。しかもなぜに俺は、こんなに動揺するんだ？　最初に好きだと言ったのは向こうなんだから、俺はもっと偉そうにしてないと。だって王子だし。これじゃ「初体験なんでテンパッてますっ！」っていうヤツと一緒だ。

理央は手探りでバスバブルのガラスビンを掴むと、紫色のボールを取って浴槽に入れる。

ふっ。これで取り敢えず下半身は見えないぞ。気恥ずかしさも減るだろう。って俺、ルシエルが入ってくることを前提に物事を考えてる？　なあ考えてる？

「ははは。俺は本当に、一体何をしているんだ。バカじゃないか」

バブルボールが早く溶けるように闇雲に両手で掻き混ぜていた理央は、ぷかぷかと湯船に浮かぶ物体を見て愕然とした。

紫のバラのお湯っ！　エロいっつーか、なんつーか、誘ってるのか？　おい、俺は誘ってるのか？　というか、誘っている色にしか見えないっ！

理央が心の中で激しい一人ボケ突っ込みを繰り返している様子は、初心者のシンクロナイズドスイミングに見える。

リオは一体何をやってる？　恥ずかしくて慌てているのか、それともこれからの事に期待しているか……。ふっ。おそらく両方だな。

ルシエルは頭を洗いながらリオを観察し、自分の都合のいいように考えた。


「いい加減、こっちを向いてくださいませんか？　殿下」

「いや、俺はこのままでも十分温かいから」

「あなたが十分でも、私は十分ではありません」

ルシエルは両手を伸ばして理央を後ろから抱きしめると、そのまま自分の膝の上に乗せる。

「この格好が何を意味するか分かってるのか？」

「セックスの体位、ですね」

「うんそう……って違うっ！　昨日あんなにしたのに、またされたら、俺の尻は大変なことになると思うっ！」

理央の情けない大声が、ゴージャスなバスルームに響いた。

「殿下の下半身は、感度としまりが最高です。不安は無用」

「でも……今は……その、俺は……昼間、だし」

「殿下は古風だ」

ルシエルは理央の肩に顎を乗せて苦笑する。

「最初に言っておく。俺が嫌だといっても、それは行為のことであって、その……ルシエルが嫌いだから言ってるわけじゃない」

理央は必要以上のムード満点になってしまった湯船を叩きながら、湯の中に沈み込みそうになりながら言った。

「何を心配すると思いきや。可愛い人だ」

「可愛いというのは、ふわふわだったり丸かったり、とにかく小さなものだ。俺はデカイ」

「私よりも小さいです」

ルシエルは理央の首筋にキスをしながら笑う。

「何もしませんから、体の力を抜いて、私に体を預けてください」

「分かった……」

理央はルシエルが支えてくれるのをいいことに、彼の胸に背中を預けてゆっくりと足を伸ばす。長身の人間が二人入って足を伸ばしてもゆとりのある浴槽は、とてもありがたい。

ルシエルは自分の指で、理央の濡れた髪を後ろに梳いた。

「それ、気持ちいい」

「これからは毎晩こうして差し上げます」

「はは。毎晩一緒に入るって？　俺は子供じゃないぞ」

「愛しているから、一緒に入るのです」

「そっか……」

「殿下の口から、愛の言葉を聞きたいのですが」

「あー……ハーフとはいえ、俺は日本人ベースだから、それは無理だ」

「では、命令しましょう」

こういう結果になるのなら、あんなことを約束しなけりゃよかった。俺のバカ。

「リオ、俺を愛していると言え」

「……それ……反則……」

理央はルシエルに甘えるように体を預けたまま、後悔の呻き声を上げた。

久しぶりに気持ちよい朝を迎えた理央の枕元に、いつものようにスーツ姿で決めたルシエルが立っていた。

「んー……」

理央は伸びをするついでにルシエルに腕を伸ばす。彼はその手を受け取り、手の甲にキスをした。

「朝っぱらから……何やってんだ」

「皆様がお待ちかねです。つまり、さっさと支度を調えて、スーツを着て一階の会議室に直行。作戦決行は午前八時三十分」

「何それ……。メシはメシ」

「会議室にご用意できております」

「うわ。それって本当に俺待ちじゃないかっ！」

理央は物凄い勢いでベッドから下りると、顔を洗って歯を磨くため、パジャマを脱ぎながらバスルームに向かう。

「スーツは？」

「トマスが用意したものを持ってきました」

「了解っ！　ああ、髪がまとまらない。こんなボサ髪で行ったら、母さんに怒られるっ！」

素早く洗顔歯磨きを終えた理央は、整髪料を片手に寝室に戻ってきた。

「あなたはワイシャツを着て。髪は私に任せなさい」

ベッドの上に置かれたスーツからノリの利いたワイシャツを引っ張り出して袖を通す。理央がボタンをはめている間に、ルシエルは彼の髪を指で梳いて整える。

「それ……ホントに気持ちいい」

ルシエルは返事をする代わりに、ミントの香りがする彼の唇に触れるだけのキスをした。

「おはようのキス？」

「そんなロマンティックなことを言っている時間はありません」

……せっかく俺が可愛く言ってやったのに。このロッテンマイヤーめ。

理央は唇を尖らせて靴下、スラックスの順番に穿く。

ネクタイをルシエルに締めてもらい、磨き上げた靴を履いてジャケットを羽織る。

「一体何が始まるんだ？」

「行ってからのお楽しみです」

そう言って、ルシエルは理央の唇にキスをした。

真理は囓《かじ》りかけのサンドウィッチを皿の上に落とし、理央は紅茶に激しくむせる。

『昨日、王権譲渡を目的とする女王反対派の連中が王宮に押し寄せたが、既に待ちかまえていた近衛隊に一網打尽にされ、そのまま警察に逮捕された』

キャスリンや耀子、ウォーリック公を始めとする女王賛成派の人々が全員集合し、満面の笑みを浮かべている。誰一人驚いていない。

「つまり……私たちは体《てい》よく王宮から避難させられたわけね？　見たかったわ、逮捕の瞬間。観光客も大勢いたでしょうに……」

真理は残念そうに呟くと、皿に落としたサンドウィッチを持ち、残りを口の中に入れた。

「街に散らばっていた反乱分子は、潜入していた保安部隊にすべて抑えられていたし、ルシエルとマリエルに任せておけばとにかく安心ということでした」

ウォーリック公は口ひげについたサンドウィッチの欠片を妻に取ってもらいながら微笑む。

「……で？　捕まった連中はどうなるんですか？」

ルシエルに背中を撫でてもらっていた理央は、手の甲で口を拭って尋ねた。

「一般人は懲役刑、王位継承権を持つ公爵家は継承権剝奪、廃爵の上、領地没収。貴族たちも廃爵の上、領地没収。そして国外追放です。ずいぶんと使える土地が増えましたぞ、皆様方。

これは均等に配分するのがよろしかろうと思われます」

　王室執務室長のシャイヤ公は、資料を片手に提案する。

「それは、残った王族と貴族だけで配分するのではなく、国民に還元できないかしら？　ベルナーズ首相」

「王族貴族の方々の賛成署名を得られた後なら、国会で話を進めることも可能かと。しかし、戴冠式のあとでですぞ？　マリ様」

　真理は納得して頷く。

「これは地道な調査で分かったことですが、他国の企業がかかわっていましてね。彼らは、自分たちの中から新たな王を出し、立憲君主制を廃止、王が政治に深く関わる『王国』にすることを約束に、その企業から多額の融資を受けていました」

「まったく、けしからん事です」

　トマスの言葉に、憤りを隠しきれずに首相が荒い口調で続けた。

「な、なあ。ちょっといい？　だとしたら……父さんの事故は……」

「それは不幸な偶然です。今回の事件とは関係ありません」

　ルシエルの声は落ち着いていて、理央を安心させるだけの力があった。彼はルシエルを見つめ、小さく頷く。

「前から不穏な動きはあったようね。きっとお父様が抑えていてくださったのね。でもそのお父様が亡くなってしまったことで、動きが一気に加速した。それにしては、やることなすこと中途半端。おそらく、反対派のそれぞれが私利私欲で動いていたからじゃないかしら。こういうことは、一致団結しなければならないのに、何というか……全てを失ったオバカさんね」

「姉さん……。でも暴動のきっかけを作ったのは俺たちだし……」

「最初は連れてこられてどうしようだったけれど、その後は正統な権利を主張しただけじゃないの。そんな甘いことを言っているから、『縁起の悪いオマケ王子』なんて言われちゃうのよ。やっと過去の汚名を返上出来たんだから、余計なことは言わなくていいの」

姉に強い口調で言われた理央は、渋い表情で沈黙し、サンドウィッチで口を塞いだ。

席のあちらこちらから、微笑ましい笑い声が聞こえてくる。

「みっともないわね。おめでたい席なんだから、そんなに怒らないの」

耀子は苦笑を浮かべ、キャスリンに目配せした。

クーデターを回避したのだからある意味おめでたいとは思うが、はて……。

会議室に集合した人々は顔を見合わせ、首を傾げる。

「正式には戴冠式後に発表しますが、みなさんには今知っておいてもらいましょう。マリとパトリックは婚約いたします」

キャスリンの張りのある声に、マリは両手で口を押さえ、パトリックはティーカップをテーブルに落とす。彼の父であるコンエール公と公爵夫人は目を丸くしたまま固まり、理央は慌てて、澄ました顔のルシエルとトマスを交互に見た。

一瞬の沈黙の後、会議室は喜びと祝福の声でいっぱいになり、マリはうれし涙を流してパトリックに抱きしめられる。

「最高のシンデレラストーリーね。反対派の暴動も、二人の結婚にドラマティックな花を添えることになったわ」

「そうですね、お義母様。イメージダウンにならなければ、大衆紙が美辞麗句のフィクションを書こうと無視しましょう。室長、それでいいかがかしら？」

耀子はシャイヤ公に微笑みかけた。

「はいヨーコ様。広報部には、そのように申し伝えておきます」

シャイヤ公はトマスと共に頷く。

理央は自分のことのように喜び、新しい兄と紅茶で乾杯した。乾杯の渦は瞬く間に会議室に広がり、人々は新たに入れたお茶で乾杯を繰り返す。

その様子は、後《のち》にテレビで「喜びの会議」と称され、ちまたではしばらくの間「紅茶で乾杯」が流行した。

それから半月後。

聖ポーラ教会でマリの戴冠式が行われた。

戴冠式の模様は世界各国のカメラで実況中継され、特にオーデンと日本では、何日にも亘《わた》って特番が組まれた。容姿端麗頭脳明晰な女王を祝福するために、各国からは首脳クラスの人々がオーデンに足を踏み入れた。

何メートルもある純白のローブの横を貴族の子女が国花であるアイリスの花束を持って行進する。

真理はオーデン・ブルーのドレスに身を包み、祖母と母から譲り受けた宝石だけを身にまとっていたが、その場にいた誰よりも光り輝いていた。

聖ポーラ教会の大司教が、代々受け継がれた王冠を傅《かしず》いた彼女の頭に乗せ、介添人《かいぞえにん》が左右から支えて王座を示した。

王冠を戴き、両手で王錫《おうしゃく》を持った真理は、その場に居合わせた人々に微笑みを向ける。

「ここにマリ・ジョーン・ハワード、すなわち尊きハワード王家の正義と友愛の血を受け継ぐマリ女王の御代を宣言する」

大司教の宣言がなされ、それと同時に人々は一斉に頭《こうべ》を垂れた。

その後の女王は、コンエール公パトリックとの婚約を発表し、国民たちは「王宮で芽生えたロマンス」にうっとりと思いを馳《は》せた。便乗商品はどれもヒットしたが、中でもロマンス小説と舞台はロングセラーとロングランになった。

理央はというと無事に叙爵式を終えて、亡き父が皇太子時代に治めていたシルヴァンサー領を頂き王位継承権第一位の「シルヴァンサー大公」となった。

「おいで、アレックス」

理央は一人でアレックスに鞍をつけハミを噛ませると、手綱を優しく握って裏庭に向かった。

運動神経がずば抜けていいだけあって、今では一人で遠乗りも出来る。

アレックスは、いつも理央の傍にいるルシエルがいないことを不思議に思いつつも、大人しくついて行った。

「俺はもうすぐ、シルヴァンサーの城に移るんだ。姉さんは王宮で公務を行う。母さんは王宮を出て通訳と翻訳の仕事に戻るって言ってた。みんなバラバラだ。でも、仕方ないよな」

理央はアレックスの頬を撫で、小さなため息をつく。

「寂しいけどルシエルがいるし。城には父さんの世話をしてくれてたアルファードっていう執事さんがいるんだって。いつでもお越しくださいって、この間手紙が来た。お前も一緒に行こう。寂しかったらサーシャも連れて、さ。お前らは仲がいいから子供を作るってのもいいな」

理央はアレックスに乗らず、ぶつぶつと独り言を呟いた。

「探しましたよ、シルヴァンサー公リオ殿下」

「ルシエル。今日は忙しいって……あれ？　なんで軍服を着てるんだ？」

「しばらく留守にしていたので、軍に戻ります」

「へ？」

「ですから殿下に、ご挨拶を……」

「なんで？　ずっと俺と一緒にいるって言ったじゃないかっ！　英語や乗馬、フェンシングに外交の授業だって、まだまだこれからなんだぞ？　俺を放ってどうする気だよっ！」

いきなりのことで理央は慌てて大声を出し、アレックスを驚かせてしまう。

「あ、ごめん。アレックス。いきなり怒鳴って悪かった。アレックス落ち着け」

落ち着くのは自分の方が先なのに、理央はじっとりと湿った掌で、アレックスの手綱を強く持ち、彼女の首を何度も撫でた。

「殿下」

「なんだよ。もう帰れ。嘘つき野郎。ルシエルの顔なんか見たくない。忙しいのは俺だって一緒だ。もう少し英語が話せるようになったら、大学に入るんだもんな。そしたら大学の近くにアパートを借りて、そこから通うんだ。一人暮らしだから、小さなアパートで十分。そこで毎日弁当を作って、持って行く。俺が作る弁当だから、絶対に旨い」

理央はルシエルに話をさせないよう、早口で一気にまくし立てる。

「一週間だけです」

ルシエルは幸せそうな微笑みを浮かべ、そう言った。

今この男はなんて言った？

理央は眉を寄せて口を開け、その間抜け面《づら》をアレックスにバカにされた。

「申し送りをしなくてはいけないので、一週間の暇を戴こうと」

「……へ？」

「退役することに決めました。今のままでは、あなたの傍に居続けることは出来ない」

「空の王子様……辞めるのか？」

「ええ。あなただけを守り、あなたの仕事をフォローします。もう父にも言いました」

理央は顔を真っ赤にし、アレックスの首に顔を押しつける。

「そ、そうか……。一週間か。……だったら、許す」

なんだ。俺の早とちりか。よかった。ルシエルがいなくなったら、俺は生きていけない。

理央は恥ずかしくて口に出せない熱烈な思いを心で呟き、ようやくルシエルに顔を向けた。

「愛してる。だから、引き継ぎがおわったら、さっさと戻ってこい。俺は先にシルヴァンサーに行ってる」

「あなたはどうしてこう……」

ルシエルは微苦笑を浮かべ、ゆっくりと理央を抱きしめて触れるだけのキスをする。

「可愛らしいんだろう」

「ルシエルの……その……恋人だから、な」

「では、私の恋人らしく、一週間の間しっかりと勉学に励んでください。トマスが臨時教師ですが、甘えないよう。私が戻ってきたらテストをします」

「な……っ！　このロッテンマイヤーっ！」

せっかくいい雰囲気になったのに、言うことがそれか？　おい！　もっと別に言うことがあるんじゃないか？　このバカルシエルっ！

理央は眉間に皺を寄せ、ルシエルを恨めしそうに睨む。

「俺だって寂しいのを我慢するんだ。お前も我慢しろ」

「その言い方は反則……っ！」

「お前のためなら、いくらでも反則わざを使う。一週間、たった一週間だ」

ルシエルは愛おしそうに理央の髪を掻き上げ、指に絡ませた。

「長い一週間だ」

「ならば、いつでも俺を思い出せるように跡を残してやる」

ルシエルは理央の首筋を露わにすると、ワイシャツのカラーで隠れるギリギリの場所に真っ赤なキスマークを付ける。

「あ…っ」

アレックスは気を利かせたのかそっぽを向き、理央はルシエルの軍服に顔を押しつけた。

「バレたらダメだと、あんなにトマスさんに言われたのに」

「殿下がミスをしなければ大丈夫」

「いきなり敬語に戻るし」

「では、表に車を待たせてありますので、行ってきます」

「……キスはしないぞ。寂しいから」

ふてくされた顔で言う理央の手を取り、ルシエルはうやうやしく手の甲にキスをする。

「バカ」

「今は撤回しません」

ルシエルが微笑みながら去っていく。理央はその後ろ姿をいつまでも見送った。

そして、アレックスの首を撫でながらこっそり呟く。

「あの、自分勝手でいやってほど冷静で、ロッテンマイヤーな性格で勉強中は拷問だけど、実は結構優しくて、可愛いところがあるんだ。それに綺麗だろう？　俺だけを守るんだって。一生、俺の傍にいるって……」

アレックスは、自分も嬉しそうに鼻を鳴らす。

父さん。天国の父さん。俺はかなりヤバイです。ルシエルと会うたびに、前より好きになっていきます。……何と言っていいか、この国で頑張って生きていきます。正式な公務は大学を卒業してからだと、ルシエルに言われました。俺、姉さんをもり立てて頑張ります。だから、危なっかしい息子のことを、天国から見守ってください。

理央は、澄み渡った青空を仰ぐ。

そして再び、ルシエルの背中を見つめる。

彼は、どんどん小さくなっていくルシエルの後ろ姿に、「愛してる」と小さな声で囁いて、顔を真っ赤にした。

あとがき

初めまして&こんにちは。高月《こうづき》まつりです。

庶民王子様の話、いかがでしたでしょうか？

舞台が「パパの国」ということで、その国をどういう国にするか、ちょっと考えました。観光と金融で成り立って、小さいけど裕福で、そんで治安のいい国。実際のいろいろな国を検索して、いいとこ取りをさせていただきました。

言語に関しては、パパの国に行くところで、どこかに「同時通訳・高月まつり」と入れてしまおうかとバカなことを思ったりして（笑）。

でもま、上流階級は多国語を操るし親日国で行こうと。


タイトルも、仮タイトルを「オマケの王子様」にしちゃったら、それ以外のタイトルがしっくりこなくて、編集さんと「これでいいんじゃないか？」と簡単に決まってしまいました。


理央ちゃんは、本当に苦労したと思います。オマケだし。

そして今現在も勉強やスポーツで苦労していると思います。そりゃ、ストレス発散にキャベツの千切りも作りたくなるよ。

大学を卒業したあとは、正式に公務に参加して、姉ちゃん女王を補佐して行かなくちゃならないしね。

でもひそかに、インターネット内で「リオ王子ファンクラブ」とかできるかもしれない。

頑張れ理央。負けるな理央。ルシエルがついてる。


んで、たぶん私が初めて書いた「常識人攻め」のルシエル。本当に、こんなマトモな攻めは初めて書いたと思います。

彼が二十代後半という若さで佐官なのは、貴族の坊ちゃんということもありますが、空軍所属として他国支援に行ってるからです。これは海軍所属のパトリックも同じです。

王族貴族の子息が率先して第一線に立つというのは、第一次世界大戦時の英国のようですが、まあこんなところにも、のんびりとノブレス・オブリージが存在するということで。

クールに職務をこなすルシエルさん、理央に関しては意外と熱い。

彼の話す日本語は堅苦しくて、それでいてなんか変。でも、あれだけ日本語を話せればいいじゃないか。

プラチナブロンドにすみれ色の瞳。なんでもそつなくこなす、まさに彼の方が王子様。

関わりたくないけど、観賞用には最高です。

イラストを描いてくださったこうじま奈月さん、ありがとうございます。こうじまさんとはお仕事で何度かご一緒させていただきましたが、今回のイラストもスゴイ。理央がカッコ可愛くて、ルシエルはやっぱり白馬の王子！　本当にありがとうございました。

また、今回の話で、民族衣装や洋服の資料は山ほど持っていても、軍服の資料を一つも持っていない自分に愕然としました。盲点……。ネットで検索しても殆ど出てこない。最低でも、正面・側面・後ろ姿の三点（階級別装飾品つき）はほしいのに、ないのです。こうじまさんにご苦労をおかけしてしまって申し訳なく思っています。

腰痛に苦しんで、なかなか上がらなかった私の原稿を慈愛の心で待ってくださった編集H様、ありがとうございました。ホント、すんません。

ではでは。また次回作でお会いできることを願って、ここらへんで終わらせていただきます。

高月まつり

挿絵を担当させて頂いた
こうじま奈月です。

ヨーロッパ系の王子様って
とってもステキですよね♥
「王子様」という単語に弱い
私は、楽しくお仕事させて
もらいました♥♥
いつもの事ながら、作家さん
や読んでいる読者さんの
イメージを崩してない
事を願います！
それでは失礼
しました

こうじま奈月

ダリア文庫をお買い上げいただきましてありがとうございます。
この本を読んでのご意見・ご感想・ファンレターをお待ちしております。

〈あて先〉
〒173-0021　東京都板橋区弥生町78-3
(株)フロンティアワークス　ダリア編集部
感想係、または「高月まつり先生」「こうじま奈月先生」係

❋初出一覧❋

オマケの王子様♥・・・・・・・・・書き下ろし

オマケの王子様♥

2005年11月20日　第一刷発行

著者　高月まつり
©MATSURI KOUZUKI 2005

発行者　藤井春彦

発行所　株式会社フロンティアワークス
〒173-0021　東京都板橋区弥生町78-3
営業　TEL 03-3972-0346　FAX 03-3972-0344
編集　TEL 03-3972-0333

印刷所　大日本印刷株式会社